Tocados

Tocados

Damián Alcolea

Plataforma Editorial

Primera edición en esta colección:
mayo de 2015

Plataforma Editorial
c/ Muntaner, 269, entlo. 1.ª – 08021 Barcelona
Tel.: (+34) 93 494 79 99 – Fax: (+34) 93 419 23 14
www.plataformaeditorial.com
info@plataformaeditorial.com

Depósito legal: B. 11.761-2015
ISBN: 978-84-16429-26-4
IBIC: FA
Printed in Spain – Impreso en España

Diseño de cubierta:
Grafime

Ilustraciones en páginas interiores:
«Key symbol» diseñado por Simple Icons,
«Key hole symbol» diseñado por Michel Faz Fajes,
«Mail symbol» diseñado por Edward Boatman,
«Pencil symbol» diseñado por Jogendra Das,
«Heart symbol» diseñado por Brandosaur.us,
«Rose symbol» diseñado por Nithin Viswanathan,
The Noun Project Collection.

Fotocomposición:
gama, sl

El papel que se ha utilizado para imprimir este libro proviene
de explotaciones forestales controladas, donde se respetan
los valores ecológicos y sociales, y el desarrollo sostenible del bosque.

Impresión: Romanyà Valls
Capellades (Barcelona)

Dedicatoria

DEDICO ESTE LIBRO a todo aquel que alguna vez se haya sentido el «raro» del instituto, de su grupo de amigos o, incluso, de su propia familia.

A todo aquel que se haya sentido en algún momento imperfecto o defectuoso por su peculiaridad.

A todo aquel que aún no ha encontrado la salida del laberinto y que, en algún momento, quizá dejó de creer que existía.

A todo aquel que está luchando contra un trastorno mental (como el TOC), enfrentándose, tristemente en muchos casos, a la incomprensión de la gente que ama y a la terrible soledad.

No estás solo. No eres el único.

Eres suficiente. Eres valioso. Eres perfecto.

Si estás «tocado», no es por una tara, sino por una oportunidad.

Hay salida. Y tú tienes la llave.
No lo olvides nunca.

También le dedico este libro a mi familia, que tan amorosa y pacientemente me ha acompañado en esta lucha durante tantos largos años. Especialmente a mi madre.

1

ADRIÁN SE MANTENÍA absorto en la tragedia del príncipe de Dinamarca sin levantar los ojos del libro que, horas antes, había sacado de la biblioteca. Mientras, el resto de los chicos de la clase jugaba al fútbol sala. Era un día de junio sofocante, y el calor pegaba fuerte a través del techo de uralita del pabellón deportivo. El profesor de gimnasia hizo sonar el silbato, e inmediatamente las niñas invadieron la pista para entrenar con un balón de voleibol.

Adrián permanecía ajeno a todo eso. A su mente de once años solo le incumbía la historia de Hamlet, cómo vengaría la muerte de su padre y qué ocurriría con su amada Ofelia. Pero, de pronto, se sintió observado. Levantó la vista del libro y se topó con la mirada agresiva de cuatro chicos, que se acercaban entre bromas.

—¿Qué estás leyendo, marica? —dijo el más chulesco de todos.

A sus once años, Adrián ya había pasado por esa situación varias veces. Y no era agradable. Lo cierto es que él era diferente de los demás y eso lo exponía demasiado a ciertas maldades infantiles.

Rápidamente metió el libro en su mochila, se levantó y se dirigió a la enorme puerta del pabellón sin mirar atrás. Tan pronto como estuvo fuera, echó a andar muy deprisa bajo un radiante sol de primavera. Cuando estaba a unos metros del edificio, atravesando ya el patio que separaba el pabellón del colegio, oyó a los chicos abrir la puerta y armar alboroto tras él.

El grupo, liderado por Dani el Chulo, comenzó a perseguir a Adrián. La pandilla la formaban el Moreno, un chico algo mayor que los demás de raza gitana; el Canijo, un chaval algo más alto, pero muy flaco, que despreocupadamente soltó la puerta de hierro al salir; y el Bola, un muchacho con sobrepeso al que casi le da el portón en las narices y que ya en los primeros pasos tenía dificultades para seguirles el ritmo a los demás.

Y, por supuesto, estaba Dani, o el Chulo como todos lo llamaban, que se tomaba la carrera como algo muy personal.

—¡Eh, subnormal! ¿No te puedes quitar la mochila? —se reía el Canijo desde atrás.

Esteban, alias el Canijo, era el primero de toda la clase que había vivido la separación y posterior divorcio de sus padres, y su forma de llevarlo parecía ser reírse de todo y de todos. Esta vez, con el comentario de la mochila se refería a los días en los que Adrián era incapaz de quitarse el macuto de la espalda durante toda la jornada, a pesar de los intentos y peticiones de su maestra. Por supuesto, todo eso tenía una lógica. Y Adrián tenía sus motivos para obrar así. Pues esos días en los que le ocurría tenía la convicción de que, si se liberaba del peso de su espalda, una explosión nuclear arrasaría el pueblo entero.

—¡No corras tanto! ¡Si al final sabes que te vamos a pillar! —gritaba el Moreno.

Juan, apodado el Moreno, había crecido sin su madre, que falleció en el parto, y sin su padre, que era transportista y estaba siempre viajando de un lado a otro. El afecto de su severo abuelo debía de ser muy limitado, pues el Moreno casi siempre expresaba rabia hacia todos los que lo rodeaban, incluido —sobre todo— él mismo.

Adrián corría hacia el colegio tan rápido como podía. El edificio estaba a unos doscientos metros. Los gritos de los chicos habían conseguido atemorizarlo, y no sabía qué le harían esta vez. Con un poco de suerte, solo le darían unos empujones y acabarían encerrándolo en el aseo de las chicas. Aunque también existía la posibilidad, aún más terrible, de que hiciesen trizas sus libros. Llegar al aula parecía ser su única salvación. La gravilla del patio levantaba un polvo casi irrespirable, y podía sentir cómo las suelas de goma de sus zapatillas se quemaban con cada zancada.

Por fin llegó a los tres escalones de entrada al colegio, que subió corriendo.

—No creas que te vas a escapar —alcanzó a oír decir a Dani, detrás de él.

—Ya verás cuando te pillemos... —gritó el Bola en último puesto, casi sin aliento.

Adrián entró en el desierto vestíbulo y torció a la derecha, hacia la escalera. Subió con destreza los primeros escalones mientras oía a los chavales vociferantes pisándole los talones.

—¡Así va a ser peor!

—¡Danos tu mochila!

Fue en la escalera donde Dani logró agarrar a Adrián por la mochila, pero este se liberó de ella a tiempo dejándola caer y provocando que el Chulo tropezase y casi mordiera los escalones.

—Ahora sí que te la vas a cargar —lo amenazó él, incorporándose.

Adrián llegó a su aula y, temeroso, cerró la puerta. Rápidamente, cogió una silla y, colocando una pata en la hendidura de una baldosa, la apoyó contra aquella consiguiendo atrancarla justo a tiempo. Dani intentó abrir la puerta presionando el pomo, pero no había forma. Adrián podía ver cómo la manilla subía y bajaba frenéticamente mientras la puerta se mantenía completamente inmóvil. Entonces, Dani puso toda la fuerza que pudo sobre el tirador y Adrián se sobresaltó al oír sus esforzados intentos por abrir.

—Abre, que no te vamos a hacer nada —le dijo, tratando de controlar su temperamento—. ¡Abre! —sin mucho éxito.

Adrián pudo oír entonces cómo el Moreno y el Canijo se unían a Dani.

—Mira, Chulo, tenemos su mochila —dijo Esteban.

—A ver qué tiene por aquí «el raro» —añadió Juan mientras volcaba el contenido de la mochila en el suelo.

Adrián empezó a alterarse. Su respiración estaba muy agitada y empezó a sollozar.

—Chulo, déjalo ya. Tenemos la mochila —pudo oír decir al Moreno.

Cuando Adrián estaba a punto de volver a respirar tranquilo, oyó los torpes pasos del Bola.

—¡Bola! Ha *bloqueao* la puerta —anunció el Chulo como ordenándole implícitamente hacer algo al respecto.

Miguel, al que solían llamar Miguelón o Bola, había pasado sus once años de vida escuchando los gritos de un padre que lo llamaba «gordo», «trasto» e «inútil». Su madre vivía sometida a su marido y nunca se atrevió a defender a Miguel de esos continuos ataques. Así que, como las palabras son muy poderosas, a fuerza de oírlo todos los días, Miguel casi acabó creyendo que de verdad no servía para nada. En la pandilla del Chulo esa creencia se esfumaba de inmediato y se sentía útil y necesitado, aunque normalmente fuera a costa de hacer daño a otras personas.

El Bola se acercó a la puerta. Adrián pudo oír sus pasos y caminó asustado hacia atrás con su mirada clavada en el pomo.

—Tranquilo, no pasa nada... No pasa nada.. —se susurraba a sí mismo, tratando calmarse.

El Bola golpeó la puerta una vez. La silla tembló, pero no se movió del sitio. Adrián, asustado, se topó con la pared opuesta del aula. Se dio la vuelta, miró la ventana y concluyó que era su única salida.

—¡Más fuerte, Bola! —lo animaban los otros—, ¡Venga! ¡Más fuerte!

Adrián se subió al alféizar de la ventana. Respiraba con dificultad. Colgó los pies en el vacío y miró hacia abajo. Allí únicamente lo esperaban las piedras del patio y algunos setos. El Bola volvió a embestir la puerta, esta vez más fuerte. La silla se tambaleó, pero milagrosamente se mantuvo anclada en la hendidura del suelo.

—¡Vamos, Miguelón! ¡Ábrela! —lo conminó Dani con firmeza.

Adrián se miró las manos. Le temblaban. Intentó hacerlas parar, pero no podía. Repentinamente, empezó a llorar. Fuera, un día soleado y tranquilo de primavera. Durante un instante, observó a un gorrión que, posado sobre una rama cercana, parecía observarlo fijamente, y eso lo relajó de manera súbita durante unos breves segundos. De pronto fue como si no existiera nada más que aquel cielo azul, aquel sol y aquel delicado gorrión. Y, sobre todo, un silencio infinito.

Los ruidos de atrás lo devolvieron de golpe a la realidad. Adrián miró la puerta. El Bola arremetió contra ella, esta vez con toda su fuerza. Adrián volvió a mirar al gorrión y cerró los ojos. La silla cayó. El vacío.

2

ADRIÁN SE DESPERTÓ sobresaltado y empapado en sudor. Le costó reconocer su habitación y darse cuenta de que ya no tenía once años, sino treinta y tres. El despertador se activó con su irritante bip-bip a las 6:45. Adrián lo apagó malhumorado, se levantó de la cama y se deslizó a su silla de trabajo frente al ordenador. Pulsó un botón del teclado blanco impoluto y la sofisticada máquina despertó de su reposo nocturno. Adrián fue directo a un foro que frecuentaba y abrió la ventana del chat.

Adriestatocado *ha entrado en la sala*

Adriestatocado: ¿Hay alguien ahí?

Adriestatocado: ¡Eoooo!

Adriestatocado: ¿Hay alguien?

Enseguida fueron apareciendo el resto de los usuarios regulares del chat y se originó el típico alboroto virtual matutino.

Tocadadelala *ha entrado en la sala.*

Tocadadelala: Buenos días, Adri. ¿Qué haces despierto tan temprano?

Adriestatocado: He vuelto a tener esa pesadilla. Pero de todos modos ya me despertaba. ¿Y tú?

Tocadadelala: Siempre me despierto a las 5. Estaba desinfectando el teclado de mi ordenata, jijiji.

Adriestatocado: Vaya tela...

Tocadoyhundido *ha entrado en la sala.*

Tocadoyhundido: ¡¡¡BUENOS DÍAS, CHICOS!!!

Tocadadelala: ¡¡¡¡¡No grites por la mañana!!!!! grgrgrgrgr...

Adriestatocado: Buenos días, Jon.

Tocadoyhundido: Perdón... Buenos días, chicos.

Tocadoyhundido: ¿Mejor?

Adriestatocado: Discúlpala, Jon, tiene lejía en las manos...

Tocadoyhundido: Ah, ok. ¡Cuidado con Bea que está armada!

Tocadadelala: Muy gracioso, Jon. Ya te acordarás de mí cuando estés repitiendo la lección palabra por palabra a tus alumnos por cuarta vez...

Tocadoyhundido: Joer... que era una broma... Cómo esta la peña por la mañana...

Toctoc31 *ha entrado en la sala.*

Toctoc31: ¿Se puede? ¿Qué hacéis despiertos tan temprano?

Adriestatocado: Hola, Toctoc31.

Toctoc31: Oye, Jon, arriba se te olvidó poner una tilde. Hola, Adri.

Tocadadelala: Ya está aquí el maniático de la ortografía y los acentos.

Toctoc31: ¡Tildes, tildes!

Tocadoyhundido: ¿Dónde?

Toctoc31: ¡¡¡TILDES!!!

Tocadadelala: ¡¡¡Que no griteis!!!

Toctoc31: ¡¡¡ESTÁ!!! ¡¡¡GRITÉIS!!!

Tocadoyhundido: Ah, sí... jajaja... Es verdad, Carlos... Está... Cómo estÁ la peña por la mañana...

Adriestatocado: Bueno, chicos, me voy a currar.

Tocadadelala: ¿Último día, no?

Adriestatocado: ¡Síííííííííí!

Tocadoyhundido: ¡Por favor, no toméis café! Sobre todo tú, Bea.

Tocadadelala: Tranquilo, no me gusta, jiji. Pasa un buen día, Adri. Ya nos dirás de tu estreno.

Toctoc31: Sí, eso. Ya nos contarás para ir a verte al teatro.

Adriestatocado: Sí, ya os contaré. Bueno, me piro a la ducha, que ya sabéis que me lleva un rato, jeje.

Tocadoyhundido: *Ciao*, *bambino*.

Toctoc31: Hasta luego, Adri.

Tocadadelala: Adios, Adri.

Toctoc31: ¡¡¡ADIÓS!!!

Tocadadelala: adios adios adios adios adios adios adios adios adios adios adios adios adios adios...

Toctoc31: What the F***??!!

Tocadadelala: ;-P

Tocadoyhundido: Oye, no habléis en inglés, que no me entero... :-(

Tocadadelala: Mira el profesor de instituto...

Tocadoyhundido: Es que soy profe de química...

Adriestatocado: Jajaja... ¡¡Buen día a todos!!

Se dirigió al baño, orinó y abrió el grifo del lavabo hasta que observó que el agua salía bien caliente. Pulsó el dosificador de jabón, se llenó la mano de un gel verde claro y frotó con fuerza bajo el chorro de agua. Cuando sintió que tenía las manos limpias, las juntó, se inclinó sobre la pila y se lavó la cara, no pudiendo evitar soltar un quejido por la elevada temperatura del líquido elemento. Segundos después, estaba en la ducha bajo el chorro de agua hirviendo, rascándose la piel compulsivamente con un guante de crin. La piel de su torso se enrojecía a punto de sangrar debido a la presión de los frotamientos, pero Adrián no lo veía, pues todo el baño estaba cubierto por una nube espesa de vapor caliente y él tenía la mente demasiado ocupada repasando su papel frase por frase.

Al salir de la ducha se cubrió con una toalla. Limpió el vaho del cristal del baño con un trozo de papel higiénico y se miró en el espejo. Vio una mirada asustada en su cara. Y eso, por un segundo, lo estremeció.

Se dirigió a la habitación. Abrió la puerta del ropero y recorrió con la mirada las prendas colgadas. Eligió una percha con una sudadera gris y la sacó del armario. Observó la prenda con rapidez y volvió a meterla deprisa. Respiró. Volvió a sacar la misma sudadera, la miró de nuevo y volvió a meterla. Respiró otra vez.

—Todo está bien —susurró. Pero, indudablemente, todo no estaba tan bien.

Se puso unos vaqueros y la sudadera. Se dirigió a la cocina. Sacó un vaso de la repisa y una caja de pastillas de un cajón. Abrió la caja y sacó el último de los blísteres, que estaba vacío.

—Lo que faltaba... —se dijo mientras corría al cuarto de baño, asumiendo que le llevaría al menos diez minutos más desviarse hacia la farmacia y conseguir su sertralina diaria.

Se lavó los dientes con fuerza y precisión, casi violentamente. Escupió la espuma blanca de la pasta de dientes con brillantes trazas rojas de sangre provenientes de sus doloridas encías. Se enjuagó y limpió el lavabo. Se miró al espejo y respiró.

—Todo está bien —repitió, mirándose a los ojos.

Se puso el abrigo. Cogió la mochila y salió. Tras cerrar la puerta con dos vueltas cada cerrojo, volvió a abrirla y entró a toda prisa para asegurarse de que no se había dejado el gas abierto. Comprobó las llaves del gas.

—Está apagado, está apagado, está apagado... —se repetía a sí mismo.

Y volvió a salir. De nuevo, dos vueltas al cerrojo de arriba y dos al de abajo. Y el temor de que el gas estuviera abierto volvió a surgir con ferocidad. Dudó. Paró un momento. Y volvió a abrir la puerta. Dos vueltas y dos vueltas. Echó una mirada al interior del piso. No quería cruzar el umbral y volver a entrar. Sabía que lo que estaba haciendo no tenía ningún sentido.

—Está apagado, sé que está apagado... —se dijo, tratando de convencerse a sí mismo.

Y cerró la puerta rápidamente de nuevo. Dos vueltas arriba y dos vueltas abajo. Empujó la puerta mientras contaba en voz baja con cada empujoncito: «Uno, dos, tres, cuatro, cinco, seis, siete». Solo cuando llegó a siete, su ansiedad le permitió convencerse de que la puerta estaba realmente cerrada. No obstante, la vecina, una señora de unos sesenta y cinco años con rulos en la cabeza que barría parsimoniosamente el pasillo, se lo hizo saber con cierta mala baba.

—Yo creo que has cerrado bien —le dijo.

—Buenos días, Paquita —la saludó Adrián, bajando la cabeza algo apurado.

A continuación, salió corriendo escaleras abajo hacia la calle. Subió a toda pastilla la calle Montera hasta que llegó a la Gran Vía y el semáforo en rojo lo hizo parar en seco. Esperó a que se pusiera en verde mientras observaba el reloj luminoso que colgaba de la fachada de la farmacia de enfrente. Marcaba las 8:43. El semáforo también hablaba el idioma de los números, pero al revés, a través de una pantallita pequeña, y cuando llegó a cero se puso en verde. Adrián echó a andar dando zancadas, asegurándose de pisar solamente las bandas blancas del paso de cebra. Mientras cruzaba miró el reloj. Las 8:44. Al volver la vista a sus pasos, se dio cuenta de que una de las rayas blancas del paso de cebra tenía la pintura desconchada y que su zapatilla estaba pisando el negro asfalto. Adrián se quedó inmóvil. Su ansiedad ascendió de forma súbita, y aterradoras imágenes invadieron su mente. Enseguida decidió, nervioso, que la única manera de seguir adelante pasaba por volver a hacer todo el recorrido desde el principio. Así que cruzó de vuelta pisando solo las bandas blancas y giró sobre sí mismo dispuesto a atravesar de nuevo la calle sin equivocarse esta vez. Justo cuando se disponía a hacerlo, el semáforo se puso en rojo, y los coches comenzaron a pasar velozmente.

—¡Mierda! —se quejó mientras observaba la cuenta atrás del semáforo, alterado.

La luz volvió a ponerse en verde, y Adrián cruzó dando zancadas de banda en banda, como si atravesase un riachuelo saltando de piedra en piedra. Al llegar al otro lado, entró directo en la farmacia. Un farmacéutico de mediana edad aconsejaba a una señora mayor sobre las compresas para pérdidas de orina.

—Por favor, ¿te importa darme esto? —le preguntó, nervioso, al dependiente dándole una receta.

—En cuanto acabe de...

—Por favor... Es que tengo mucha prisa.

El farmacéutico suspiró como reprimiendo una sonora contestación, echó un vistazo al papel y tecleó eficazmente en su ordenador. Como si se tratase de un efectivo truco de magia, el paquete de pastillas salió por un dispensador automático en menos de 5 segundos.

—Tu sertralina —dijo muy serio.

3

ADRIÁN LLEGÓ A la plaza de Neptuno con la lengua fuera. Cruzó desde el Museo del Prado al Hotel Ritz y entró a toda prisa por la puerta de personal. Le daba igual que fuera su último día. No quería llegar tarde... otra vez.

Minutos después ya estaba corriendo por los pasillos subterráneos del hotel con el uniforme de pingüino puesto mientras terminaba de ajustarse la pajarita. Casi se chocó con uno de sus jefes —cincuenta y pico años, uniforme impoluto y rostro agrio y antipático—, pero lo sorteó con la destreza habitual.

—¡Disculpe, señor Subijana! —le dijo Adrián mientras se alejaba.

—Diez minutos otra vez. ¡Da gracias de que es tu último día! —le dijo aquel muy serio.

—No se preocupe, señor Subijana. ¡No volverá a ocurrir! —le gritó Adrián, divertido.

Mientras tanto, en el Salón Goya tenía lugar el evento del momento. Julia Whyler, la otrora famosa psicóloga, viuda del antaño popular magnate del deporte Enrique Estévez, volvía de entre los muertos con un libro debajo del brazo. Pese a su avanzada edad, poseía una belleza atemporal y serena que siempre, incluso ahora, había provocado que fuera blanco de una atención inusitada. Su pelo moreno estaba cogido en un esmerado moño alto que le daba la elegancia de una bailarina de *ballet*. Solo un mechón de cabello acariciaba su cara arrugada, lo que servía de perfecto adorno a la expresión transparente de su rostro. A ambos lados de la mesa, grandes pósteres con el rostro de Julia fotografiado en un gesto de sosegada sonrisa anunciaban el título del libro: *Tú tienes la llave*.

A su lado se encontraba su colega Arnau Sanz, un escritor gay sexagenario que en los últimos años había ejercido para Julia las labores de disciplinado editor, fiero guardaespaldas y, por encima de todo, fiel amigo.

En el salón había casi una treintena de periodistas, algo insólito en ese tipo de eventos literarios si se tenía en consideración, además, que no se trataba de la presentación de ninguna novela de vampiros ni de superhéroes adolescentes ni tampoco de la última novela galardonada con el Premio Planeta, sino del lanzamiento de un libro serio sobre cómo afrontar los miedos que nos inquietan en diferentes momentos de la vida. La mayoría de los reporteros que allí se encontraban eran del mundo del corazón, especializados en recoger carroña allá donde iban, convocados al evento para hacer al gran público partícipe del morbo del regreso de una figura de la alta sociedad, que había estado a todas luces desaparecida durante la última década. Pero, afortunadamente, también había unos cuantos periodistas provenientes de revistas y boletines culturales, y alguno que otro que trabajaba para algún programa de divulgación científica.

Una joven periodista con pinta de ser la becaria de un nuevo espacio cultural levantó la mano, y Arnau le cedió la palabra enseguida.

—Hacer las afirmaciones que usted hace en su libro, ¿no sería un poco como decir que quien tiene un trastorno mental está enfermo porque quiere? —preguntó con osadía.

—No —respondió Julia con calma—. Se trata de hacerles recuperar el poder sobre su propia mente. Hay un proverbio oriental que dice: «Quien ha creado una puerta y un cerrojo también ha hecho una llave».

La periodista acercó un teléfono de última generación de gran tamaño que le hacía las veces de grabadora.

—En el libro —continuó Julia— presento las patologías mentales como un puzle que el paciente, en muchos casos, ha fabricado y del cual solo él tiene la solución. Y en ese sentido, espero que los ayude a todos a encontrar la llave que precisan para resolverlo.

Arnau señaló a un periodista algo altivo, de los que parece que conocen de antemano la respuesta a su propia pregunta, que mantenía la mano levantada hacía ya un rato.

—Pero, entonces —comenzó—, ¿qué pasa con enfermedades mentales que tienen una base biológica? Por ejemplo, usted habla mucho del trastorno obsesivo-compulsivo en su libro...

Adrián, que estaba limpiando copas en el *office* de la cocina adyacente al salón, se acercó a la puerta y deslizó la mirada entre las pesadas cortinas azules.

—Sí, es cierto —contestó Julia—. En el caso del TOC, los estudios han demostrado que hay deficiencia de un neurotransmisor llamado serotonina. Pero se ha demostrado también que esta puede elevarse, y que las conexiones cerebrales pueden cambiar y restablecerse de la forma correcta a través de la meditación.

—Disculpe, ¿ha dicho meditación o medicación? —preguntó el periodista con sorna.

—He dicho meditación, aunque la medicación puede ayudar —respondió Julia con una serena sonrisa.

—Tenemos que ir terminando. ¿Una última pregunta? —avisó Arnau.

Una periodista madura con un bronceado extremadamente anaranjado y aspecto de ser cronista en algún espacio rosa de máxima audiencia levantó la mano con decisión.

—Sí. Hola, Julia. No sé si me recuerda —comenzó su intervención con cierta humildad fingida—. Le hice una entrevista cuando trabajaba en la radio, hace ya casi veinte años. Usted me dijo entonces que nunca dejaría de trabajar en la psicología activa. Con los pacientes. ¿Ocurrió algo en su vida que le hiciera cambiar de opinión?

La pregunta fue directa al centro de la diana. En una milésima de segundo, transportó a Julia a otro lugar, a otro momento de su vida, muy lejano ya, pero que revivía constantemente. En su ausencia, Julia se vio a sí misma entrando en su casa aquella fatídica noche. Observó el desorden del salón, con libros y vasos tirados por el suelo. Y advirtió el terrible silencio que le prevenía de lo que estaba a punto de descubrir. Julia entró en la cocina rápidamente, escudriñando cada rincón. Tras la isleta central, pudo ver la mano de un cuerpo tendido en el suelo.

—¿Julia? ¿Señora Whyler? —insistía pertinazmente la cronista.

Arnau miró a Julia, que seguía abstraída, distante, y resolvió deprisa.

—Bien, gracias a todos. —Mientras hablaba hizo una señal a un responsable trajeado del hotel, que se acercó diligente y retiró la silla de Julia cortésmente mientras esta se levantaba—. Muchas gracias a todos. Ahora Julia Whyler se tomará un breve receso. Y después se despedirá de todos y firmará algunos ejemplares. Mientras tanto, déjenme decirles que la firma oficial de libros será en...

Entretanto, en el *office*, Adrián había vuelto al trabajo. Limpió la última copa con esmero y dedicación y la colocó en la bandeja perfectamente alineada con las demás. Antes de marcharse con el plaqué de plata cargado de copas vio algo que llamó poderosamente su atención. En el panel de corcho de la pared lucía un cartel de su obra de teatro, y Adrián advirtió que estaba ligeramente torcido hacia la derecha. Dejó la bandeja sobre el aparador de acero inoxidable, se acercó al panel, quitó una por una las chinchetas y volvió a colocar el cartel. Lo observó. No le convencía. No estaba absolutamente recto. Volvió a quitarlo y a colocarlo de nuevo. Lo miró con detenimiento. Seguía sin gustarle.

Julia entró silenciosamente en el *office*. Se apoyó en la pared, miró al techo y respiró hondo tratando de recomponerse. Adrián volvió a quitar el cartel de nuevo y, una vez más, lo plantó raudo en la pared.

—No hagas caso de tus manías... No hagas caso de tus manías... —se repetía a sí mismo.

Una de las chinchetas se le cayó al suelo. Un sonido apenas perceptible, pero lo suficiente para atraer la curiosa mirada de Julia. Adrián se agachó y estiró el brazo derecho bajo el aparador hasta que alcanzó la pequeña pieza plateada.

—Está bien. Todo está bien —se susurraba a sí mismo.

Julia lo observaba cautivada. Había algo en él que lo hacía muy especial a sus ojos.

Adrián se puso de pie al fin, con la diminuta chincheta entre los dedos, y su mirada se topó de frente con la de ella.

—Hola... —lo saludó Julia, sintiéndose pillada in fraganti.

Adrián no fue capaz de contestar. ¿Cuánto tiempo llevaba ahí observándolo? Se creó un silencio incómodo entre ambos. De repente, Adrián clavó la chincheta en el cartel y, velozmente, cogió con destreza la bandeja llena de copas y se marchó tan deprisa como pudo.

Por alguna razón, Julia necesitaba hablar con él. Quizá pedirle disculpas. Quizá solo mirarlo de cerca.

—Espera... ¡Espera! —le pidió mientras salía tras él.

Adrián caminaba diligentemente, y los laberínticos pasillos del hotel se aliaron con él para dejar atrás a su perseguidora. En una bifurcación del corredor apareció de pronto un hombre con aspecto afable empujando un carrito lleno de centros florales. Una mínima distracción que ocasionó que Julia dudase y, finalmente, decidiera abandonar la ridícula empresa de alcanzar a un completo desconocido.

—Perdone... —le dijo el florista con una amplia sonrisa, disculpándose por haberse interpuesto en su camino.

—¿Sabe quién era ese chico? —le preguntó ella, curiosa.

—Sí, claro. Es Adrián —contestó muy simpático—. Hace horas extras aquí, pero creo que ya lo deja. Se dedica al arte. Ha llenado el subsuelo del hotel de carteles.

Julia le sonrió agradecida, y el hombre siguió empujando su carrito de orquídeas y centros florales con parsimonia. Ella volvió al *office* que segundos antes había abandonado presurosa y descubrió frente a ella el cartel que Adrián había colocado persistentemente en el corcho. Por primera vez, le dedicó atención. En letras grandes se podía leer: «*HAMLET*. ESTRENO 28 DE MARZO». Y más abajo, el nombre de varios de los miembros del reparto, de entre los cuales destacaba, algo separado del resto, Adrián Díaz.

—Es actor... —musitó.

4

EN EL INTERIOR del pequeño teatro, un grupo de siete actores ensayaba dirigido por Gustavo, un hombre de casi cuarenta años, con perilla y el pelo excesivamente engominado. Entre ellos estaban Sonia, la novia de Adrián, y Jaime, que estaba sustituyéndolo hasta su llegada. El director les estaba dando indicaciones a ellos dos cuando Adrián entró por el pasillo central corriendo hacia el escenario.

—Lo siento. Siento llegar... —se disculpó mientras dejaba su mochila y su abrigo en una de las butacas.

—Casi media hora tarde —lo interrumpió Gustavo—. Me da igual que queden dos semanas para el estreno. Si vuelves a llegar tarde, te largas de aquí a la puta calle, ¿entendido?

Adrián bajó la cabeza, avergonzado. Sonia parecía claramente decepcionada.

—¿Entendido? —repitió Gustavo, buscando una respuesta directa.

—Sí —murmuró él.

—De acuerdo. Entonces, vamos al combate. Jaime: ¿puedes volver a hacer de Laertes, por favor? —le pidió con cortesía.

Adrián y Jaime se pusieron un peto y en unos minutos ya habían comenzado a ensayar la lucha de espadas. Desde el primer segundo, Jaime hacía gala de una sólida seguridad en cada movimiento. Adrián se mostraba más nervioso e intentaba concentrarse en dar estocadas certeras. De algún modo, daba la sensación de que para Jaime esa batalla escénica era algo mucho más importante: la oportunidad que tenía de demostrar que Adrián no estaba a la altura del personaje para el que había sido elegido. Cada vez las espadas chocaban más y más rápido y sonaban más fuerte. Como estaba previsto, Jaime hizo un tocado en Adrián, pero pareció hacerle daño de verdad. Este se dejó caer al suelo diciendo su texto, tal como estaba ensayado y, levantando la mirada desafiante, lo declamó con dramatismo.

—Laertes, solo estás jugando. Os ruego combatir con entera violencia... —dijo, interpretando a un provocador Hamlet, que debía volver a esgrimir con Laertes antes de descubrir que las puntas de sus respectivos floretes estaban envenenadas.

Pero entonces ocurrió. Su nivel de ansiedad por la tensión real del momento provocó que Adrián se atascara y repitiera su frase de nuevo.

—Laertes, solo estás jugando. Os ruego combatir con entera violencia...

Como siempre, él sabía que era ridículo. Que no tenía ningún sentido. Pero, aun así, sentía que «tenía» que volver a decir su frase por tercera vez.

—Laertes, solo estás jugando. Os ruego combatir con entera violencia...

El elenco de actores, dispuesto alrededor de ellos, comenzó a comentar entre cuchicheos lo que ocurría. Adrián, desde el suelo, percibió cómo los demás lo observaban y se bloqueó completamente.

—Laertes, solo estás jugando. Os ruego...

—¿Alguien puede darle cuerda, que se nos ha vuelto a atascar? —dijo Jaime con sorna.

Parte del elenco se rió. Otros seguían cuchicheando. Y todos, en definitiva, lanzaban una mirada inquisidora hacia el malogrado Hamlet. Adrián se incorporó dolorido.

—Salid todos. ¡Descanso de diez minutos! —anunció el director con un grito vociferante—. ¡Salid todos de una puta vez!

Sonia se resistía a marcharse, preocupada por Adrián. Los demás desaparecieron enseguida entre murmullos, y Jaime acabó empujándola fuera de escena. Cuando Gustavo y Adrián se quedaron solos sobre el escenario, el director le dirigió una severa mirada a su protagonista.

—Pensé que estaba todo bajo control —le dijo.

—Lo está —aseguró Adrián, petrificado por lo ocurrido.

—Es la tercera vez que te pasa esto, Adrián —le recordó el director.

—Está todo controlado, Gustavo. Me ha hecho daño con la espada y me he puesto nervioso, eso es todo. Pero ya está todo bien. Ya estoy bien —le explicaba, tratando de convencerlo y de convencerse a sí mismo a la vez.

—Joder, Adrián. Y ¿qué pasa si te pones así de nervioso en escena? ¿Mandamos al público a su casa? —le preguntó muy serio Gustavo.

—Gustavo, tú me conoces mejor que nadie. Sabes que en escena nunca me pasa.

Efectivamente, Gustavo era una de las personas que mejor conocían a Adrián. Su amistad se había forjado en los años de la escuela de teatro, durante los numerosos montajes de Gustavo que Adrián había protagonizado cuando ambos eran estudiantes. Gustavo conocía perfectamente su condición y sabía a ciencia cierta que su trastorno nunca le había impedido desarrollar su trabajo en escena de la manera más brillante, pero por la tranquilidad de todos había llegado a una incómoda determinación.

—Adri, he tomado una decisión. Y no solo como director de este montaje, sino también como tu amigo. O recibes ayuda para tu... problema o te sustituimos. Y no estoy hablando del futuro. Esta semana.

Adrián se quedó de piedra, incapaz de contestar. De repente, apareció la sastra, una señora adorable con el pelo blanco que cargaba una pieza de vestuario.

—Perdona, Gustavo. Hola, Adrián. Ya le he cambiado los botones. ¿Qué te parece así? —le preguntó al director.

—Muy bien, Clara. Así mucho mejor, dónde va a parar. ¿Tú crees que estará listo para el ensayo del viernes?

La sastra dudó por un segundo, pero después asintió y se marchó deprisa. Gustavo miró a Adrián de forma fulminante, dejando claramente a un lado su amistad.

—Tú verás si estás listo para ponerte ese traje —le dijo, tajante, antes de marcharse.

Adrián se quedó solo sobre el escenario en penumbra frente al patio de butacas vacío y oscuro.

5

SONIA REVISÓ LA pantalla de su teléfono una vez más. Bebió un sorbo de su copa de vino blanco y echó un vistazo a la carta del elegante restaurante italiano en el que esperaba a Adrián.

Este se abrió paso entre las mesas mientras hablaba por el móvil.

—No, mamá, mejor que no vengáis al estreno. Pues porque es mejor cuando esté ya más rodada. Que sí, que estoy bien. Que sí, que como bien. Mamá, tengo que dejarte... Sí, sí, adiós —despidió Adrián a su madre mientras se acercaba a Sonia torpemente.

Le dio un beso en los labios y se sentó con una manida disculpa.

—Perdona el retraso. Me quedé a repasar el texto y se me fue la olla.

Sonia no dijo nada. Solo cerró la carta del restaurante que tenía entre las manos y el camarero se aproximó.

—¿Están listos para pedir ya? —dijo ceremonioso.

Sonia contestó muy tranquila.

—Sí. Yo quiero la ensalada césar y el lenguado a la almendra —dijo con seguridad.

—Muy bien. Y ¿usted? —preguntó el camarero mirando a Adrián.

Adrián echó un vistazo a su carta. Pretendía pedir cualquier cosa. No quería hacer esperar a Sonia ni un segundo más.

—Yo voy a querer...

Pero la infinidad de posibilidades que se abría ante él le hizo estresarse y comenzar a sudar.

—La ensalada del chef y el entrecot a la pimienta.

El camarero tomó nota.

—No, no, no... Mejor la ensalada césar y el... ¿cómo está su pato estofado?

—Pues...

—Bueno, no, déjelo, da igual —lo cortó Adrián, nervioso—. Tráigame...

—Adri, por favor... —murmuró Sonia, abochornada.

—Sí, sí, si ya lo sé... La ensalada césar y el pollo oriental.

El camarero tachó lo escrito y tomó apunte en su comanda de la nueva orden.

—No, no, no, disculpe. Al final, será la ensalada del chef y el entrecot a la pimienta.

El camarero le lanzó una mirada asesina, arrancó la hoja de la comanda y tomó nota de su pedido definitivo.

—Eso será: la ensalada del chef y el entrecot a la pimienta. Ensalada del chef y el en...

—Ya le he oído —lo interrumpió el camarero, contundente, antes de marcharse.

Adrián miró a Sonia, que lo observaba muy seria. Le acarició una mano. Sonia sonrió levemente.

—Voy al baño un minuto —le dijo Adrián con suavidad.

Y entonces se levantó y se dirigió al baño, ansioso.

Adrián salió del retrete y se acercó al lavabo. Dirigió el indicador de temperatura al máximo de agua caliente y abrió el grifo. Pulsó el dosificador de jabón, pero no salía nada. Volvió a pulsar, pero era evidente que estaba vacío. Se miró las manos atemorizado y salió del baño de hombres para entrar en el de señoras. Presionó el contenedor de gel y esta vez una gran nube de espuma azulada colmó sus manos. Se las frotó con tanta fuerza como pudo, aunque advirtió entonces que sus nudillos estaban abiertos y sus palmas tenían pequeñas heridas sangrantes.

Pasó una chica joven que se sorprendió, buscó el símbolo de la puerta para comprobar si se había equivocado de baño y miró a Adrián de mala manera antes de entrar en uno de los cubículos.

Adrián se enjuagó y se dispuso a secarse. Pulsó el botón del secador de manos con el codo, pero cuando puso las manos debajo, el secador se apagó. Volvió a intentarlo, esta vez más rápido. Apretó el pulsador con el codo y colocó ambas manos debajo tan deprisa como pudo. Era inútil. Si no mantenía apretado el botón, el secador se paraba. Se le ocurrió entonces mantener apretado el botón con un codo mientras secaba la mano contraria y viceversa. Pero se puso más nervioso y acabó desistiendo. Se secó en el jersey y en el vaquero. Cuando se dispuso a salir, oyó el grifo gotear. Lo miró. Dudó por un segundo. Apretó la llave del agua tanto como pudo hasta que el escape cesó por completo. De pronto se miró las manos asustado. Volvió a abrir el grifo.

Mientras tanto, en el restaurante, el camarero servía los platos en la mesa. Sonia esperaba visiblemente disgustada mientras dudaba si empezar a comer o no.

Adrián tenía problemas para abrir el picaporte de la puerta sin tocarlo con las manos. Lo intentó con el codo, pero era imposible. Se trataba de un pomo redondo. Entró en un retrete para coger papel higiénico con sumo cuidado para no tocar nada más. Salió con un enorme trozo de celulosa liado en la mano y abrió el picaporte no sin cierta dificultad.

Ya fuera, en el restaurante, Adrián buscó una papelera para soltar la ingente cantidad de papel, sin ningún éxito. Acabó metiéndosela en el bolsillo de atrás torpemente mientras se acercaba a la mesa y no se dio cuenta de que dejó colgando fuera del pantalón una larga tira blanca.

Cuando se sentó de nuevo, Sonia estaba terminándose el primer plato.

—Vaya, sí que tenías hambre... —dijo él, tratando de bromear.

—¿Quieres que te diga cuánto tiempo has estado en el baño? —lo atacó ella, muy molesta.

—Sonia, pensé que tú entendías mi... condición —susurró Adrián, vulnerable.

—Claro que la entiendo, Adri. Entiendo tu posición. Pero ¿entiendes tú la de los demás? ¿Entiendes tú la mía? —le preguntó enérgica antes de bajar el volumen—. Lo de hoy ha sido...

—Me atasqué. Solo me atasqué —trató de explicar con absoluta sinceridad.

—Me preocupas, Adri. Estás enfermo.

—No estoy enfermo.

—Bueno, no estás enfermo. Tienes una... condición y esperas que todo el mundo se adapte a ella. Pero, Adri, la vida no funciona así. ¿Qué pensarías tú si yo llegase siempre tarde cuando quedamos, si me tirase horas en el baño y repitiera dos mil veces cada frase que digo?

—Que entonces te sería más fácil comprenderme a mí —le dijo sin la intención de hacerle daño.

Sonia guardó silencio por un momento y bebió de su copa.

—Gustavo tiene razón. Tienes que pedir ayuda —añadió de pronto.

—No voy a volver al psicólogo. Me estoy tomando las pastillitas mágicas que me recetó el psiquiatra.

—Las pastillas obviamente no son suficientes —repuso Sonia.

—¡Esto no puede curármelo nadie! ¿Vale? —exclamó él—. Y en escena no me ha pasado nunca ni me pasará jamás, si es eso lo que tanto os preocupa.

Sonia lo miró, respiró hondo y decidió cambiar de estrategia.

—Adri... —comenzó, tratando de mostrarse todo lo cariñosa que pudo— demuestra a Gustavo que estás dispuesto a poner de tu parte. Y quién sabe... quizás encuentres a algún psicólogo que te sorprenda, ¿no? Después de todo, si nunca hubieras pedido ayuda, no habrías encontrado tus pastillitas mágicas.

Adrián suspiró. Las palabras de Sonia lo habían convencido.

6

APENAS AMANECÍA CUANDO Adrián salió de la ducha y se sentó frente al ordenador a beber su vaso de leche enrollado en una toalla. Sentía tantas ganas de hablar que inmediatamente abrió el chat en el que acostumbraba a intercambiar sus pensamientos y preocupaciones con otros «tocados», como solían llamarse entre ellos. Pero el contador de usuarios indicaba que aún no había nadie en la sala. Bebió de un trago su vaso de leche y entonces lo decidió: escribiría su propia bitácora en la red. Una especie de diario en el que compartiría su lucha por vencer el trastorno obsesivo-compulsivo, sus progresos y sus pequeñas (y no tan pequeñas) victorias.

Se registró en Blogger, elaboró un sencillo diseño y en unos minutos ya estaba inaugurando su blog, que bautizó con el nombre de DIARIO DE UN TOC:

«El día a día de un actor con trastorno obsesivo-compulsivo».

DIARIO DE UN TOC

TOCADO

Bienvenidos a mi blog.

Me llamo Adrián y casi sin darme cuenta acabo de inaugurar DIARIO DE UN TOC: «El día a día de un actor con trastorno obsesivo-compulsivo».

Supongo que, si estás leyendo esto, es que sabes qué es el TOC. Si no lo sabes aún, pero sigues leyendo, lo aprenderás pronto.

El trastorno obsesivo-compulsivo (o TOC) es un trastorno de ansiedad que se caracteriza principalmente por dos componentes: el primero son los pensamientos recurrentes que el propio individuo reconoce como intrusivos y sin ningún sentido. Son las llamadas «obsesiones». En mi caso, una muy común es la convicción de que algo horrible va a ocurrirles a mis seres queridos de forma inminente. Estos pensamientos crean una ansiedad, culpa y pánico tales que conducen casi de forma irrevocable al segundo componente: la compulsión, que no es sino la conducta repetitiva que el individuo emplea para tratar de neutralizar de algún modo el malestar que las obsesiones le provocan. Para entendernos, en mi caso yo repito, chequeo, lavo para quedarme tranquilo de que si lo hago correctamente, entonces, la gente a la que quiero estará a salvo. Es de locos, ¿verdad?

Si tienes TOC y sientes que eres el único, abandona esa ilusión porque no es real. NO ERES EL ÚNICO. NO ERES LA

ÚNICA. Hay muchos como tú. Muchas. Te preguntarás entonces: ¿por qué no conozco a nadie? Pues bien, como sabes, tener TOC es algo que no nos hace sentir precisamente orgullosos y que tendemos a ocultar, incluso, a nuestros familiares y amigos más cercanos. Así que, igual que (casi) nadie sabe que estás «tocado», probablemente tú conozcas a algún «tocado», pero no lo sepas.

No quiero extenderme mucho en esta mi primera incursión en mi DIARIO DE UN TOC. Solo os diré que yo estoy «tocado» desde que tengo uso de razón. Ahora tengo más de treinta años. Y no pierdo la ESPERANZA de alcanzar una mejor existencia, más saludable y más equilibrada.

He pasado épocas bastante malas y experimento episodios de crisis a menudo. Ayer pasé por uno bastante fuerte en el que me sentí a punto de tirar la toalla. Pero he decidido seguir al pie del cañón. Porque creo que merezco esa vida tranquila con la que sueño. Creo que todos la merecemos. TÚ TAMBIÉN.

¿Que cuál es el objetivo de mi blog? Pues básicamente compartir con vosotros mi evolución, mis miedos, mis conocimientos sobre este trastorno y también mis pequeños triunfos. Ser una humilde muestra de la perseverancia que se requiere para vencerlo, si es que eso es posible. Aprender con vosotros. Crecer.

¿Sabéis? No hay nada por lo que sentirse culpable, ni hay nada de lo que avergonzarse. No creo que tener TOC me haga especial ni nada (todos estamos un poco «tocados», jeje), pero sí creo que este trastorno me ha dado un regalo insuperable: me ha empujado a la búsqueda obligada de una conciencia más elevada que me permita comprender cómo ha surgido, para poder superarlo. Y esta búsqueda es un viaje irreversible, pero, os lo aseguro, un viaje realmente apasionante.

Un abrazo y PAZ para tod@s.

Terminó su primera entrada y movió el cursor al botón de «Publicar». Dudó un segundo y finalmente hizo clic sobre él. Respiró satisfecho y cogió el mando a distancia. Encendió el televisor y zapeó entre varias cadenas hasta que encontró algo que llamó poderosamente su atención. Entre los programas de noticias matutinos y los videoclips musicales de otras temporadas, estaban emitiendo por redifusión una entrevista de la noche anterior. El célebre director de teatro Ben Maslow, un hombre de unos cincuenta años con un marcadísimo acento francocanadiense, hablaba apasionadamente con una bella entrevistadora.

—Es un ambicioso proyecto con un elenco de actores escogido alrededor de todo el mundo. Será, como siempre, un proyecto multidisciplinar con *muchas* idiomas en escena —exponía el creador con su casi perfecto castellano.

Adrián siempre había admirado a Ben Maslow. Desde que empezó a estudiar teatro había visto cada uno de los espectáculos que el director de escena canadiense había traído a España. Y cada uno le había gustado más que el anterior. Sus *shows* motivaban a la gente a sacar lo mejor de sí misma, trasladaban su espíritu a nuevos y lejanos horizontes, y contaban historias que tenían un verdadero impacto en sus corazones. El tipo de historias que Adrián quería contar. El tipo de espectáculos del que Adrián deseaba formar parte. Por eso, siempre había sido su sueño trabajar con él.

—Y ¿de qué hablará su espectáculo? ¿Puede contarnos un poco? —preguntó la entrevistadora con su melodioso tono de voz.

—No me gusta adelantar mucho, pero se llamará *Dreams* y tratará sobre los sueños que luchamos por cumplir. —Y continuó con absoluta convicción—: Todos tenemos el poder de hacerlos realidad. No importa nuestra edad ni los obstáculos que creamos tener. Si tienes un sueño, tienes una brújula. Es lo más preciado que se puede tener en la vida. Ningún viento sopla a favor de un barco sin rumbo.

Adrián observó la pantalla con los ojos iluminados.

7

ADRIÁN SE ENCONTRABA en plena calle, observando la puerta del centro de salud mental. Miró a ambos lados de la vía para asegurarse de que ningún conocido ni amigo suyo lo veía entrar. Respiró profundamente y cruzó el umbral.

Tan pronto como estuvo dentro, se aproximó a la ventanilla de atención al paciente. Una funcionaria estaba escribiendo lentamente de espaldas a la ventana.

—Perdone... Perdone... —Adrián trataba de llamar su atención sin éxito—. ¡Perdone! —acabó gritando, irritado.

La funcionaria se dio la vuelta, y el enfado de Adrián se disolvió instantáneamente al ver que la joven tenía síndrome de Down.

—Buenos días —le dijo ella muy seria.

—Disculpe, es que he pensado que no me oía —se disculpó Adrián.

—Estaba escribiendo —se explicó con espontaneidad—. ¿Puedo ayudarlo?

—Sí, quería una cita con algún psicólogo del centro —le dijo Adrián educadamente.

La funcionaria tecleó y observó la pantalla con absoluta calma.

—Para lo antes posible, si puede ser —añadió Adrián.

—El catorce de mayo —dijo ella.

—Eso es casi en dos meses. ¿Para antes no hay nada? ¿No habría algo esta semana? —preguntó, insistente.

La joven tecleó de nuevo con parsimonia antes de volver a contestar.

—Bueno, parece que tenemos libre... el catorce de mayo.

—¿Seguro que no hay nada libre? —preguntó él, desesperado.

—El catorce de mayo —respondió ella resuelta.

Adrián se dio la vuelta irritado en dirección a la salida. Al girarse, observó a toda la gente que estaba sentada en la sala de espera aguardando su cita con el psiquiatra o psicólogo, cada uno con su propia historia. Algunos, con un aspecto realmente preocupante. Otros, con una apariencia completamente convencional. Y entonces se sintió invadido por un sobrecogedor sentimiento: la humildad más profunda que había experimentado jamás.

—¿Quiere que le reserve la cita? —inquirió la joven.

Adrián despertó de su ensimismamiento y se giró hacia ella.

—Creo que no. Pero gracias —le contestó casi avergonzado antes de volver a la calle.

8

ADRIÁN CAMINABA PERDIDO por la Gran Vía, absolutamente desorientado. Si un psicólogo de la Seguridad Social no era una opción, tendría que buscar otras. Y eso significaba probablemente mucho dinero, que era algo de lo que él precisamente en esos momentos no iba sobrado. En secreto, pidió al cielo una señal que le indicara dónde seguir buscando.

La ciudad continuaba sumida en su ritmo frenético y no pareció escuchar su pequeña plegaria, pero lo cierto es que, en ese mismo momento, Adrián Díaz encontró la señal que tanto deseaba. Aunque iba mirando al suelo mientras cavilaba, sintió como si algo o alguien lo empujase a levantar la mirada y darse la vuelta. Así lo hizo. Y lo que encontró lo dejó atónito.

En el escaparate de la Casa del Libro había —como esperando a ser descubiertos— decenas de ejemplares del libro de Julia Whyler: *Tú tienes la llave*. Los miró casi sin dar crédito y entró a toda prisa.

Minutos después ya estaba pagando su ejemplar a la dependienta.

—Qué oportuno —le dijo esta con cierta coquetería.

—¿Qué? ¿Por qué? —preguntó Adrián, desorientado.

La dependienta, muy sonriente, le señaló un gran cartel donde se podía leer en letras bien grandes: «*TÚ TIENES LA LLAVE*. HOY, FIRMA DE LIBROS EN LA TERCERA PLANTA».

Mientras tanto, en el tercer piso, Julia estaba sentada a una mesa firmando ejemplares. A su derecha había un gran cartel con el título del libro y una elegante foto suya en blanco y negro. Y frente a ella, una cola de varias personas esperando la firma de su volumen, además de algún curioso. Arnau estaba de pie detrás de Julia con los brazos cruzados, como si fuera su guardaespaldas. Un hombre maduro recogió su libro, y una señora de mediana edad se acercó tímidamente.

—¿Para quién...? —preguntó Julia un tanto mecánicamente mientras tomaba el libro y lo abría dispuesta a estampar su bonita firma.

—Para Oliver —respondió la señora.

A Julia le cambió el rostro radicalmente. La señora cogió carrerilla aprovechando el silencio de la autora.

—Es mi hijo. Estudia Psicología y le encanta su libro. No puede imaginarse la ilusión que le va a hacer...

Pero Julia ya estaba lejos. Durante ese par de segundos viajó a otro lugar. A un lugar y un momento que últimamente, por una u otra razón, visitaba con frecuencia. En su mente, volvió a su cocina, se aproximó al cuerpo tendido en el suelo y vio que se trataba de su hijo. Se abalanzó sobre él y le cogió la cabeza con cuidado. El chico, aunque con dificultad, pareció reconocerla. Julia vio entonces un par de frascos de pastillas tirados por el suelo y se temió lo peor. Alargó la mano para coger uno y advirtió que estaba vacío. El chico movió una mano carente de energía indicándole a su madre que acercase la oreja a sus labios.

—¿Por qué has vuelto tan pronto? —le preguntó en un susurro casi inaudible.

El discurso agitado de la señora en la librería la trajo de nuevo al momento presente.

—Le regalé su libro para su cumpleaños, que fue la semana pasada, y se lo leyó de un tirón. Y claro, tenerlo firmado, imagínese lo contento que se va a...

Julia le devolvió el libro firmado y asintió seria. La señora se lo agradeció con una sonrisa discreta y mientras se marchaba pensó en lo altiva y estirada que parecía la escritora.

Julia se retiró un poco para hablar con Arnau. Le dijo que quería irse ya. Arnau miró el reloj.

—Diez minutos más. Diez minutos más y nos vamos.

Así que Julia volvió a su tarea con resignación.

Adrián entró en la sala y observó a la gente. Al fondo, pudo ver a Julia firmando ejemplares. De repente, dudó y se dio la vuelta, dispuesto a marcharse. Pero se topó de bruces con la afable dependienta, que cargaba con una enorme pila de libros que casi se le caen.

—Perdona...

—Es allí al fondo —dijo ella muy simpática—. Venga, no lo dudes. La cola es solo de un par de minutos.

Finalmente, Adrián hizo lo único que podía hacer ante tal insistencia. Asintió, forzó una sonrisa para la alegre empleada y se acercó a la mesa de Julia.

Enseguida le llegó el turno y le ofreció su libro a la autora, quien lo tomó en sus manos sin mirarlo a la cara.

—¿Para quién...? —preguntó ella con el bolígrafo dispuesto.

—Para Adrián —contestó él.

En ese momento, Julia alzó la mirada y se encontró con él. Lo reconoció al instante, pero fingió no haberlo hecho.

—Adrián —repitió Julia.

—Sí. Adrián —dijo otra vez él, algo intranquilo.

Julia abrió el libro, dispuesta a estampar su firma, cuando él decidió echarle valor y comenzó a hablar de corrido.

—En realidad, he venido a pedirle ayuda —dijo—. La escuché el otro día en el hotel. Lo que dijo de que puede ayudar a... Verá, tengo trastorno obsesivo-compulsivo. Necesito su ayuda. Creo que nadie podrá ayudarme como usted...

—Ya no paso consulta —respondió ella enseguida, casi tajante.

—Creo que nadie podrá ayudarme como usted. Creo que nadie podrá ayudarme como... usted —repitió Adrián, hecho un manojo de nervios—. Perdone. Pensé que usted...

—Ya no paso consulta —le repitió.

—¿Pasa algo, Julia? —preguntó Arnau acercándose.

—No, no. Está todo bien. Mira —le dijo a Adrián—, puedo darte el número de un colega muy bueno que...

—No. No hace falta —contestó él, cogiendo su libro, muy nervioso—. Ha sido muy amable. Disculpe si la he... Adiós.

Y se marchó ante la mirada atónita de la autora.

Adrián salió de la librería a la calle soleada. Se apoyó en la pared y respiró hondo. Lo que había hecho le había provocado mucha ansiedad. Observó los coches circulando por la vía, a la gente pasando por las aceras en todas direcciones, y acabó mirando el cielo azul despejado mientras tomaba una bocanada de aire.

De pronto notó una mano que lo tocaba y abrió los ojos asustado.

—Estás aquí —le dijo Arnau con cierta satisfacción.

Adrián lo miró sorprendido. Arnau le entregó una tarjeta de visita y se marchó sin decir más. Adrián no entendía nada. Miró la tarjeta. En ella figuraba: «Julia Whyler. Calle Silva, 179». Le dio la vuelta y vio que había una anotación hecha a mano que tuvo que leer dos veces para creer: «Ven el jueves a las 11:00».

9

DIARIO DE UN TOC

ATASCADO

«Si dudas de ti mismo, estás vencido de antemano.»

HENRIK JOHAN IBSEN

«Si cerráis la puerta a todos los errores, también la verdad se quedará fuera.»

RABINDRANATH TAGORE

¡Hola, «tocados»!

Esta entrada la dedico a todos los momentos en los que me he atascado estos últimos días. Los momentos en los que me he atascado en el umbral de la puerta de mi casa. Los embarazosos momentos en los que me he atascado en cierta conversación, repitiendo la misma frase cuatro o cinco veces delante de otras personas, intentando, sin mucho éxito, justificar lo que para ellos debía de resultar una rareza casi surrealista.

Este pequeño artículo va dedicado a todos esos instantes. Aquellos en los que me quedé atascado mientras caminaba o los momentos en los que me atasqué al sacar la ropa del armario o al atarme los cordones, petrificado por alguna obsesión horrible que prefiero no recordar.

Todos esos momentos tienen en común la obsesión (y casi siempre el acto compulsivo ligado a ella), pero hay algo aún más profundo: la duda. La terrible duda, ante la que en algún momento mi cerebro aprendió a reaccionar como si en lugar de una duda estuviera experimentando una amenaza que en realidad no existe. Y es que, como dijo Shakespeare: «Nuestras dudas son traidoras y a menudo nos hacen perder las cosas buenas que pudiéramos conseguir». Yo, cada vez que dudo de esa manera, pierdo mucho. Supongo que me entendéis muy bien y sabéis exactamente de lo que hablo.

No obstante, trato de perdonarme por quedarme atascado en todas y cada una de esas ocasiones. Probad a hacer lo mismo vosotros.

Escuchad, os propongo algo: y ¿si mañana dejamos de dudar tanto sobre todo? Y ¿si dejamos de temer al, a menudo, oportuno error o a la, casi siempre, bella imperfección?

Así quizá nos atrevamos a cruzar por fin el umbral en el que seguimos atascados y consigamos salir a vivir nuestra mágica existencia de una vez por todas.

Publicado por Adrián a las 14:23. No hay comentarios: ✉ ✎

10

ADRIÁN LLEGABA TARDE. Corría calle arriba con el libro de Julia en una mano. Iba mirando los números de las casas con la tarjeta de visita que le había dado Arnau en la otra. La pequeña cartulina se le voló de entre los dedos, y él volvió a recogerla a toda prisa. Siguió corriendo mientras oteaba los números de las casas. Número 181. Número 183. Se dio cuenta de que se había pasado y volvió atrás, hasta que encontró la casa con el número 179 y se colocó frente a la puerta. Trató de recuperar el aliento, se secó el sudor de la frente con la manga de la sudadera y echó un vistazo al aspecto de la vivienda. Era una casa de tres plantas de fachada gris y unos ventanales verticales que le daban un aire elegante y sofisticado. Adrián llamó al timbre.

Julia abrió la puerta enseguida y se encontró con él, aún casi sin respiración y todo despeinado.

—Hola... —dijo él, sonriendo con timidez—. Ya estoy aquí. Siento llegar un poco...

Julia le indicó que entrara sin dejarlo acabar, echando por tierra cualquier posible disculpa por su retraso.

Adrián estaba sentado en un sillón, solo, frente a la robusta mesa llena de papeles y libros en la que destacaba la presencia de un blanco tulipán fresco en un estrecho florero de cristal. Dejó el ejemplar que había traído sobre la mesa y observó el despacho con atención. Un cuadro de gran tamaño que exhibía una escena mitológica presidía la habitación. Una decena de fotos de familia decoraban la otra pared. De pronto, Adrián sintió una tremenda ansiedad. Se levantó y paseó por la estancia. Se sentó de nuevo y respiró profundamente.

Julia apareció con un vaso de agua. Tan pronto como entró en el despacho, se quedó plantada en el umbral mirando a Adrián, quien, de espaldas a ella, trataba de relajarse en la silla sin conseguirlo. Una profunda emoción conocida embargó a Julia en ese momento. Él volvió a levantarse, nervioso, y sus miradas se toparon frente a frente.

—Tu agua —dijo Julia ofreciéndole el vaso.

—Gracias. —Adrián lo cogió y se lo bebió de un trago casi entero—. ¿Es su familia? —le preguntó, señalando las fotografías de la pared.

—Cuéntame —le pidió ella mientras se sentaba, haciendo caso omiso del interés del joven por su vida privada—. ¿Qué te ha traído hasta aquí?

—Usted me ha invitado —le contestó él, resuelto.

Julia le dirigió una mirada circunspecta que indicaba claramente que esperaba información seria de por qué estaba allí. Adrián terminó de beber su vaso de agua y se sentó.

—Tengo la intuición de que usted puede ayudarme a resolver mi... situación —le confesó él con sinceridad.

—¿Has visto a algún psicólogo alguna vez? —preguntó ella con una calma abrumadora.

—¿En toda mi vida, se refiere? Pues... usted sería la número... seis.

En cuanto dijo el número seis comenzó a toser de forma compulsiva y tocó la mesa de madera tres veces. Por alguna razón, seis era uno de los números considerados «malos» y solo pronunciarlo atraía en su mente la incoherente convicción de una tragedia inminente.

Adrián bajó la cabeza, avergonzado. Julia lo miró en silencio unos instantes y, segundos más tarde, comenzó a buscar en unos archivadores, de los que sacó unos papeles.

—Tendrás que rellenar estas tablas y responder a estos tests —le dijo, entregándole las hojas—. Si voy a tratarte, tengo que saberlo todo. Qué tipo de obsesiones tienes, con qué intensidad, qué tipo de rituales... Tendrás que trabajar duro.

Adrián asintió, tomó los papeles y los ojeó con interés antes de meterlos entre las páginas de su copia del libro de Julia.

—Y, sobre todo, tendremos que averiguar qué trauma hay detrás.

—¿Trauma? —exclamó Adrián.

Julia sacó una matrioska de un cajón y la depositó sobre la mesa. Era una de esas características muñecas rusas con su vestido rojo cubierto de flores y una carita sonriente y mofletuda.

—Este eres tú.

—Pues debería ponerme a dieta, ¿no? —bromeó, inoportuno, Adrián.

Julia lo miró seria de nuevo, y Adrián calló. Ella abrió la muñeca y fue sacando, una a una, las que contenía: de la más grande hasta la más pequeñita, que sujetó delicadamente entre los dedos.

—Dentro, muy dentro de ti, está el trauma. Un trauma que te conecta con un dolor insoportable. Y ahí es donde entran...

Julia sacó tres muñecos articulados del cajón.

—¡Los caballeros del zodíaco! —la interrumpió Adrián con entusiasmo.

—Estos muñecos son tu sistema de defensa. Este sistema lo diseñaste tú, hace muchos años, con el fin de protegerte.

Mientras Julia le explicaba su teoría sobre cómo funcionaba el trastorno, iba colocando los muñecos alrededor de la matrioska más pequeña, como protegiéndola de la más grande.

—Cada vez que una situación externa amenaza con reactivar ese dolor intolerable —continuó—, tu sistema de defensa se pone en marcha para que no ocurra. Un sistema muy muy complejo con un código imbatible y casi perfecto, pero...

Julia presionó un botón en la espalda de cada uno de los muñecos y volvió a posarlos alrededor de la pequeña matrioska. Los caballeros del zodíaco se pusieron en marcha haciendo ruiditos espantosos y empezaron a caminar por la tabla sin orden ni concierto. Alcanzaron a la muñeca más grande, que estaba en el otro extremo del escritorio, y la patearon con sus pequeños pies de plástico como si fuera un balón de fútbol hasta que esta rodó sobre el tablero y cayó al suelo.

—Que funciona por sí solo —finalizó Julia.

De repente, Adrián reaccionó.

—Yo no tengo ningún trauma —dijo, poniéndose a la defensiva.

—Es muy posible que ni siquiera lo recuerdes, pero lo cierto es que...

—Yo no tengo ningún trauma —repitió Adrián con firmeza.

Se creó un tenso silencio.

—¿Sabe? Discúlpeme, creo que quizá me he precipitado. Me parece que no... —le explicó mientras se levantaba del sillón.

—Es comprensible que tengas miedo —añadió Julia.

—No tengo miedo. Es que no le veo el sentido a rebuscar en la basura. Yo solo quiero... Solo quiero estar bien —dijo él mientras recogía el libro de Julia, que había dejado sobre la mesa.

—Espera —le pidió ella, incorporándose de su asiento.

—Gracias por las molestias.

Y dicho esto, salió del despacho sin darle más opción a Julia. A ella se le escapó un «*Fuck!*» de manera espontánea justo antes de oír la puerta de la calle cerrarse con un sonoro portazo.

11

ADRIÁN ENTRÓ EN la sastrería del teatro a toda prisa. Clara, la sastra, estaba en una silla de trabajo terminando de rematar un vestido.

—Hola, Clara —dijo él, contento.

Cuando Clara levantó la mirada y vio a Adrián se quedó de piedra.

—Hola, Adrián —lo saludó algo turbada.

Él percibió su desconcierto, pero entendió que se debía al hecho de que, por fin, llegaba quince minutos antes de la hora a la que Gustavo lo había citado.

Él y Clara siempre se habían llevado muy bien. Ella era una mujer de sesenta y pocos años, cariñosa y afable, que adoraba el trasiego de trabajar en el teatro. Y a él le encantaba pasar ratos observándola remendar los trajes con absoluta dedicación mientras comentaban cómo había ido el ensayo de la jornada.

Adrián se puso a rebuscar entre las perchas con el debido decoro.

—Llego un pelín justo. ¿Está mi traje por aquí? —preguntó, acelerado, volviéndose hacia ella.

—Pues... no, no está aquí.

Clara calló. Adrián la miró, y ella estuvo a punto de decirle algo que Adrián debía saber. Pero no fue capaz.

—¿Te importa ponerte este hoy? —resolvió finalmente, mientras se levantaba y señalaba otro traje que colgaba de la burra.

—No, claro. Tranquila —dijo él, cogiendo la ropa—. Es que pensé que ya estaba acabado.

Clara lo miró contrariada. Y él se marchó tan alegre con su traje, ignorando por completo que su vida estaba a punto de cambiar para siempre.

Adrián terminó de abrocharse el traje en su camerino. Se miró en el espejo y se atusó un poco el pelo, satisfecho de llegar unos minutos antes de la hora acordada. Salió del cuartito y se dirigió presto al escenario. A medida que se aproximaba, pudo oír la voz de Gustavo y del resto de los actores y advirtió con sorpresa que el ensayo ya había comenzado.

Cuando pisó las tablas, el pase paró en seco y todos miraron a Adrián. Él advirtió que Jaime llevaba puesto el traje que unos días antes Clara le había mostrado a Gustavo. El traje que, se suponía, llevaría él.

—¿Qué pasa aquí? —preguntó Adrián, rompiendo el tenso silencio.

—Tengo que hablar contigo —dijo Gustavo, indolente, acercándose a él.

—¿Por qué va vestido de Hamlet? —preguntó Adrián, nervioso.

—Ven. Vamos a hablar —le dijo el director tratando de llevarlo dentro.

—No —se negó Adrián con firmeza—. Lo que tengas que decirme, delante de ellos.

—Está bien —Gustavo hizo una pausa y explicó las cosas con la mayor frialdad posible—. Se ha decidido que Jaime haga el papel de Hamlet y que tú seas su sustituto. Harás una función a la semana para que...

Adrián no podía creer lo que estaba escuchando.

—¿Se ha decidido? ¿Cómo se ha decidido? —preguntó, exaltado.

—He decidido —dijo Gustavo para remarcar que él había sido el artífice de la operación—. He decidido, Adri.

—He ido a una psicóloga. —Se acercó a Gustavo bajando el volumen—. Como me dijiste. Estoy intentándolo.

—Te creo, Adri. Pero te vendrá bien tener menos presión —le respondió el director, tratando de justificar su decisión.

Esta contestación irritó muchísimo a Adrián, que subió la voz.

—¿Cómo he sido tan maleducado? Si tengo que darte las gracias. Porque lo haces por mí, ¿no?

Sonia, que hasta entonces había observado la escena sin participar, se acercó un poco.

—Adri, tranquilízate —le pidió, temiendo que las cosas se pusieran aún más feas.

—No, déjalo. Que diga lo que quiera —dijo Gustavo con cierta condescendencia.

—Si me estás haciendo un favor... El que yo creía que era mi mejor amigo... —le dijo con profundo dolor—. ¿Tú sabías algo? —preguntó a Sonia.

—Nadie sabía nada —zanjó Gustavo antes de que Sonia pudiera responder—. Los convoqué a todos ayer una hora antes. A todos menos a ti. Tú me has obligado a hacer esto. La semana que viene es el pase de prensa y tengo que hacer lo que es mejor para todos. Tú necesitas descansar, y nosotros necesitamos descansar de ti.

Esto último fue demasiado para Adrián.

—Eres un hijo de puta —le dijo, enfurecido.

Jaime se acercó y le echó la mano al hombro.

—¡Cuidadito con lo que dices! —lo amenazó.

—¡No me toques! —le gritó Adrián, apartándose de él bruscamente.

Jaime, en respuesta, le pegó un empujón tan fuerte que Adrián acabó en el suelo. Todos lo observaron sin hacer nada. Solo se oían algunos cuchicheos reprobatorios hacia Jaime, pero nadie se atrevía a posicionarse a favor de Adrián. Las cosas no estaban como para arriesgarse a irse a la calle por defender a un compañero.

Adrián seguía en el suelo. Únicamente Jaime le mantenía la mirada, desafiante. Adrián se sentía absolutamente humillado. Se levantó despacio y habló para sí mismo.

—No entiendo nada —dijo, antes de repetirlo mecánicamente en uno de sus rituales—. No entiendo nada. No entiendo nada.

Todos lo miraban. Se oyó algún que otro murmullo, y por un momento Adrián creyó que iba a volverse loco de verdad.

—Mira, ya le está dando otra vez... —alcanzó a oír tras él.

—Sí, pobre... —susurraba otra voz con pena.

Gustavo se acercó a él, conciliador.

—Tómate un tiempo en el camerino para reponerte, Adri, y luego hablamos —le dijo.

Adrián no contestó. Solo se bajó del escenario y caminó por el pasillo central del patio de butacas hacia la salida principal del teatro. Sus compañeros no podían creer que fuera a abandonar el ensayo con el traje de época puesto y sin recoger sus cosas.

—Escucha bien, Adri —le dijo Gustavo desde el escenario, con gravedad—. Si te marchas ahora, te quedas sin nada.

Adrián paró en seco en medio del pasillo sin darse la vuelta. Dudó un segundo. Y después echó a andar y salió del patio de butacas sin mirar atrás. Gustavo miró a los demás y se dirigió a ellos intentando mostrar cierta indiferencia ante lo sucedido.

—Muy bien. ¿Por dónde íbamos?

12

ADRIÁN CAMINABA DECAÍDO y con la mirada ausente por las calles de Madrid. Algunas personas se giraban curiosas al cruzarse con él para echar un vistazo a su peculiar atuendo.

Entró en un estiloso restaurante italiano. Tanto conflicto le había abierto el apetito. Se dirigió a una chica mulata con curvas y cara de pocos amigos, que estaba detrás de la barra limpiando copas.

—Hola —lo saludó bastante seca—. ¿Mesa para uno?

—No, eh... —contestó Adrián algo desorientado—. ¿Hacen *pizzas* para llevar?

La camarera le pasó la carta abierta y empezó a enumerarle las opciones con desidia, dejando oír su pronunciado acento venezolano.

—Puede elegir cualquiera de estas o hacer su propia *pizza*. O también puede pedir la mitad de cada sabor. O añadir cualquier *topping* que se le ocurra.

Adrián observó la carta. La infinidad de posibilidades lo apabulló.

—¿*Topping*? —preguntó él sin comprender— ¿Cuál es tu favorita... Joana?

Ella lo miró desconcertada. Después cayó en que llevaba puesta la chapita con su nombre en la camisa y sonrió al chico.

—La vegetariana con piña —respondió ella un poco más simpática—, pero no suele gustarle a todos.

—Quiero esa —dijo Adrián, decidido.

—Muy bien. Pues si te sientas ahí, la tendrás en unos minutos —le informó ella mientras tecleaba el pedido en el monitor con rapidez.

—Genial —dijo Adrián mientras se sentaba en uno de los taburetes de la barra.

—Bonito traje —le dijo ella con sorna.

—¿Eh? Ah, sí. He salido corriendo del teatro —trató de explicarse él sin mucho éxito.

—¿Tan malo era el espectáculo? —bromeó la camarera con gracia.

Adrián se sintió incómodo de repente. Quería salir de allí cuanto antes.

—¿Me puedes cobrar ya?

—Claro —le contestó ella, repentinamente seria—. ¿Efectivo o tarjeta?

Diez minutos después, Adrián salía deprisa del restaurante con la caja de *pizza* en la mano. Al salir, advirtió que en la puerta colgaba un cartel que rezaba: «Se necesita camarero». Fue en ese momento cuando realmente se dio cuenta de que acababa de perder su trabajo.

13

EN UNA OFICINA del centro de Madrid, un hombre de mediana edad y poco pelo en la cabeza hablaba en voz muy alta a través del teléfono móvil, pegado a la oreja, mientras miraba la pantalla de su ordenador y golpeaba los botones del teclado. Ese hombre era Guillermo, el representante de Adrián.

—No. A las siete. Me temo que no pueden pasar a recogerte. Pero en metro llegas enseguida...

Su secretaria dio unos golpecitos a la puerta y asomó la cabeza en la oficina.

—Guillermo, está aquí Adrián Díaz —le informó.

Guillermo asintió sin dejar de hablar por el móvil. La secretaria hizo pasar a Adrián, que se quedó de pie, callado, junto a la puerta.

—Y el metro abre... ¿a las seis y media? Pues mira, llegas con tiempo más que de sobra...

Guillermo hizo una señal a Adrián para que tomara asiento mientras finalizaba la conversación. Adrián se sentó en silencio, y Guillermo le hizo un gesto con la mano indicándole que su interlocutor —otro actor— le resultaba un pesado.

—Sí. Sí, te envío las secuencias hoy mismo. Sí. Venga. Cuídate. Adiós, adiós —le dijo Guillermo a su actor, despidiéndolo con fingida simpatía antes de lanzar un sonoro suspiro de desahogo—. Adrián, ¿qué te cuentas?

—Venía a ver cómo está la cosa. Necesito curro urgente —le dijo él, no sin reparo.

—¿No estrenábamos algo ahora? —preguntó Guillermo mirando entre sus papeles.

—Lo he dejado —le confesó Adrián nada orgulloso—. Lo siento.

—Y ¿eso? —inquirió el representante con severidad.

Adrián no respondió. Prefirió no entrar en detalles. A fin de cuentas, iba a estrenar una obra de teatro dirigida por un —hasta entonces— amigo suyo y le iba a dar una comisión a su representante, porque —a pesar de que Guillermo no hubiera tenido nada que ver— su contrato lo forzaba a hacerlo. Así que no se sentía obligado a darle ninguna explicación al respecto.

—Mira, Adrián —comenzó Guillermo muy directo—. La cosa está chunga. Ya lo sabes. Se hacen cosas, pero pagan poco... cuando pagan. Pero bueno, ya sabes lo que pienso de ti —dijo, cambiando radicalmente el tono—. Eres mi mejor actor. Si tuviera que quedarme solo con uno, sería contigo. En unos días ya verás como te llamo para alguna cosa.

Las palabras de Guillermo sonaban francas, y la cara de Adrián se iluminó de inmediato. Esa palmadita en el hombro era lo que necesitaba.

—Gracias —le dijo con sinceridad.

Guillermo cogió el móvil indicándole a Adrián que tenía que hacer unas llamadas. Una forma sutil de señalar que la conversación se había acabado. Adrián se levantó enseguida.

—Verás como sí —agregó Guillermo con credibilidad.

Adrián se dirigió a la puerta, pero, antes de salir, se dio la vuelta repentinamente. Se lo pensó un segundo y disparó.

—Guillermo... —comenzó con timidez—. No sé si te has enterado, pero Ben Maslow ha estado en Madrid y...

—¿Ben...? ¿Quién es ese? —preguntó el representante frunciendo el ceño.

—Ben Maslow. El director de teatro canadiense. —Adrián continuó con entusiasmo—. Sus espectáculos son la hostia. Siempre ha sido mi sueño trabajar con él. Ha estado aquí y, bueno... le hicieron una entrevista en la tele. Resulta que en unos meses va a volver aquí a hacer una audición para su próximo espectáculo. Me preguntaba si te podías enterar y...

—Sí, claro, claro. Lo apunto aquí y llamo hoy mismo —dijo Guillermo mientras tomaba nota sin enterarse mucho del tema—. Ben *Marlow*...

—Maslow —lo corrigió Adrián.

—Okey, *Maslow* —repitió Guillermo con una sonrisa sobreactuada mientras se acercaba el móvil a la oreja—. Me entero y te cuento.

E inmediatamente comenzó a hablar con un nuevo interlocutor vía telefónica.

—¿Sí? Oye, que me dicen en la productora que no te afeites la barba. ¿Que ya lo hiciste? Vaya por Dios...

—Gracias, Guillermo —dijo Adrián mientras salía.

Su representante lo despidió con un gesto sin mirarlo mientras seguía atendiendo su llamada a un volumen considerable.

—Pero ¿cómo has podido afeitarte así sin más? —pudo escuchar Adrián mientras salía por la puerta principal de la oficina.

14

ADRIÁN ESPERABA FRENTE a la puerta del teatro fumando un cigarrillo. Hacía mucho que no fumaba. Pero su ansiedad ese día era tan elevada que acabó comprando un paquete de Marlboro. Ya había anochecido cuando vio cómo los actores y las actrices salían del teatro y se despedían amistosamente los unos de los otros. Adrián observaba desde la otra acera, un tanto alejado, apoyado en una cabina de teléfono tras la que se ocultaba discretamente. Desde allí dirigió la mirada a la fachada del teatro para descubrir que su nombre ya había sido eliminado de los enormes carteles que anunciaban la función y sustituido por el de Jaime. De pronto, vio a Sonia salir acompañada por alguien cuyo rostro no alcanzaba a distinguir. Ella estaba charlando animadamente con quienquiera que fuera su acompañante y cuando se despidió dándole un beso en la mejilla, Adrián acertó a ver que se trataba de él.

Sonia cruzó la calle buscando a Adrián con la mirada. Solo cuando este comprobó que Jaime ya estaba caminando en la otra dirección, salió de su escondite y se acercó a Sonia, quien cargaba, además de con su bolso, con una gran mochila que contenía la mayor parte de las cosas que Adrián había dejado en su camerino.

—Hola —la saludó Adrián con timidez.

—Toma, tu mochila —le dijo Sonia, entregándole su macuto.

—Gracias —dijo él, dándole una última calada a su cigarro y dejándolo caer al suelo antes de pisarlo repetidas veces.

—¿Has vuelto a fumar? —preguntó Sonia, disgustada.

Adrián hizo entonces el amago de ir a besarla. Pero ella retiró la cara.

—¿No me das un beso?

—Sabes que me da asco —contestó Sonia antes de echar a andar.

Adrián suspiró y caminó tras ella mientras se ponía la mochila sobre los hombros. Caminaron durante unos instantes en silencio hasta que Adrián se decidió a preguntar algo que rondaba su mente con violencia.

—¿Qué hacías con Jaime?

—¿Qué hacía? —Sonia paró en seco—. ¿A qué te refieres?

La irritación con la que Sonia contestó a su pregunta le hizo pensar que había sido un evidente error formularla y que lo mejor era no entrar ahí. Al menos esa noche.

—Da igual —dijo Adrián, tratando de dejar el tema atrás mientras seguía caminando—. ¿Dónde te apetece... dónde te apetece cenar?

—No, dime, ¿a qué te refieres? —dijo ella sin moverse del sitio—. ¿No puedo ser simpática con él porque te haya sustituido? ¿Qué se supone, que tengo que llevarme mal con todos porque hayas dejado la compañía? ¿Que tengo que dejarla yo también?

—Yo no he dicho eso.

—Creo que no me apetece cenar —dijo Sonia, echando a andar nerviosa.

Adrián asumió que no cenarían juntos, pero insistió en estar con ella un rato más con la esperanza de limar asperezas.

—Te acompaño a casa, entonces.

—Estoy cansada y mañana es el pase de prensa —le dijo Sonia tajante.

—Pero...

Y entonces fue cuando ocurrió. Como si un resorte hubiese operado en el interior de ella o como si súbitamente se hubiera llenado la copa de lo que podía aguantar, Sonia comenzó a hablar con una firmeza que no admitía discusión alguna.

—Adri: no puedo más con esto.

A Adrián lo alteró escuchar estas palabras. Parecía lo que temía. Parecía una ruptura.

—¿Con qué? ¿Qué quieres decir? —Adrián se atascó al hablar—. ¿Qué quieres decir? ¿Qué quieres...?

—¡Con esto! ¡Con esto! No sé si reír o echarme a llorar. Tú repitiendo tus frases, tú limpiando a todas horas, tú atascado para pedir en un restaurante... Tú. Tú. Tú. ¿Dónde estoy yo, Adri? ¿Dónde estoy yo?

Sonia estaba al borde de las lágrimas. Adrián quería tocarla. Quería decirle cuánto la quería. Cuánto se preocupaba por ella. Pero no fue capaz de decir una sola palabra porque temía que, si abría la boca, volvería a sonar el espantoso disco rayado.

—Eres un buen chico, y te deseo lo mejor —dijo Sonia con cariño—. Pero esta relación no me hace bien. Tú... no me haces bien.

Y diciendo esta última frase demoledora, le tocó la cara y se despidió con un: «Mucha suerte, Adri». Y un frío beso en la mejilla.

Adrián se quedó petrificado, sin palabras, incapaz ni siquiera de mover un músculo mientras observaba a Sonia alejarse. Esa noche se rompió para siempre su relación de cuatrocientos ochenta y ocho días. Una cifra que no tenía ningún seis.

15

ADRIÁN ESTABA TUMBADO en la cama, despierto, con la mirada perdida. Se sentía totalmente devastado e incapaz de levantarse. Su móvil empezó a sonar, y él lo ignoró por completo hasta que saltó el contestador. Inmediatamente después, el aparato volvió a emitir su cansina melodía y descolgó con apatía pulsando el manos libres sin moverse lo más mínimo.

—Dígame —dijo algo brusco.

—Adri, ¿dónde paras? —resonó la voz de Guillermo al otro lado—. Tengo trabajo para ti.

Guillermo le había conseguido tres *castings* para anuncios de televisión. Cierto es que los *spots* publicitarios no conducían —por lo general— a la realización de Adrián por medio de su oficio ni estaban tan bien pagados como antes, pero al menos era algo. Parecía una puerta que se podía abrir, ahora que tantas otras se habían cerrado.

Esa misma tarde tenía el primero. Pasó por la tintorería a recoger el traje de la obra y, con la percha cubierta por una bolsa en una mano, llegó a una minúscula sala de *casting*, cerca del río Manzanares. Cuando Adrián abrió la puerta, la sala estaba llena de actores, actrices y modelos esperando. Todas las sillas estaban obviamente ocupadas, y muchas personas se encontraban de pie apoyadas en la pared e, incluso alguna, ya abatida por el cansancio, estaba sentada en el suelo. En una pequeña mesita en el centro de la atestada habitación, había dos pilas de papeles. La primera era de formularios para escribir el nombre y los datos (altura, color de ojos, experiencia, etcétera), que Adrián rellenó enseguida. La segunda la componían cuartillas con la frase que debían memorizar para esa prueba. Después de tres horas de espera, por fin el ayudante de *casting* entró desde el cuarto interior y pronunció el nombre de Adrián.

—¿Adrián Díaz?

Él, que había conseguido sentarse veinte minutos antes, se levantó como un resorte, y la percha, con el traje, cayó al suelo. Rápidamente la cogió tratando de disimular su torpeza y siguió al ayudante de *casting* al interior.

Dentro, en una sala de paredes completamente blancas iluminada con unos potentes focos, lo esperaban la directora de *casting* y un cámara. La directora de *casting* era una mujer de unos cuarenta y cinco años, relativamente atractiva y que aparentaba cierta seguridad tirando a agresiva. Cuando Adrián entró, ella forzó una sonrisa mecánica y le dijo: «Ponte en la marca».

Adrián la obedeció y se puso delante de las intensas luces, frente a la cámara.

—¿Te presentas y me das tus perfiles? —dijo la directora de *casting* sin levantar la mirada de sus papeles.

Adrián miró a la cámara, exhibió su mejor sonrisa y comenzó a hablar.

—Hola, mi nombre es Adrián Díaz. —A continuación se colocó mostrando su perfil derecho a la cámara durante un par de segundos y después hizo lo mismo con el izquierdo.

—¿Dices la frase? —le preguntó la directora muy seria, mirando a Adrián en el monitor.

Él se concentró un segundo en la frase que se había aprendido un ratito antes y mirando a cámara dijo: «No hay cocido como el cocido de la abuela». Se quedó sonriendo a la cámara unos segundos hasta que de manera cortante y gritona la directora de *casting* dijo: «¡Gracias!». Adrián la miró decepcionado y salió con su traje.

Tras terminar el *casting*, cogió el metro y se dirigió al teatro a devolver el vestuario que el día de «su despedida» se había llevado puesto. Entró en la sastrería y Clara se levantó presurosa en cuanto lo vio para recibirlo. Adrián le entregó la percha con las prendas, y ella lo miró triste, con los ojos vidriosos. Es cierto lo que dicen de que una mirada dice a menudo mucho más que un discurso de quince minutos. La mirada de esa mujer de sesenta y pocos años expresaba una infinita ternura. Decía que, en el tiempo que habían trabajado juntos, había sentido el cariño del chico, el aprecio de Adrián por el trabajo que ella hacía —que para muchos otros pasaba desapercibido o, incluso, era menospreciado— y que lamentaba profundamente su marcha.

Adrián sintió todo esto a través de la mirada de Clara. Se miraron durante unos segundos con gran emoción contenida, pero ninguno dijo nada. Él, finalmente, le dio un beso en la mejilla y salió de la sastrería. Tan pronto como lo hizo, oyó a Clara romper a llorar.

Entró en su camerino y echó un vistazo a lo único que quedaba de él en la habitación: una foto de Sonia y él pegada al cristal. Se acercó y arrancó la fotografía para observarla más de cerca. Era una foto en blanco y negro en la que Adrián sonreía feliz, y Sonia, abrazada a él, lanzaba un beso juguetón a la cámara. La foto estaba marcada con una dedicatoria en rotulador que Adrián volvió a leer por enésima vez: «Cuando las luces se apaguen, te seguiré queriendo. *I love you.* Sonia». Y entonces pensó que en la foto parecían felices, que aquello fue real, que fue verdadero.

Respiró porfundamente y se metió la fotografía en el bolsillo del vaquero. Apagó la luz del camerino y salió. Cuando llegó a casa, no tuvo mucho tiempo para pensar. Tenía que memorizar el texto para la prueba del día siguiente. Era un texto largo y complicado. Se tumbó en la cama vestido y se dedicó a leerlo una y otra vez hasta que consiguió aprender todas las frases y justo entonces se quedó dormido así, con la ropa puesta. A la mañana siguiente, se despertó y enseguida se quitó los vaqueros, se dio una ducha lo más rápido que pudo, se vistió y se dirigió a hacer su prueba.

Esta era en una productora en el centro de la ciudad, cerca de la Gran Vía. Cuando subió a la cuarta planta del edificio y entró en el apartamento, unas diez personas esperaban sentadas o de pie en un pequeño recibidor y una chica joven sentada detrás de una mesa le dio la bienvenida.

—Hola —le dijo sonriente.

—Hola. Soy Adrián Díaz.

—Perfecto —dijo ella buscando su ficha en el ordenador—. Pues acomódate por aquí. En un rato te llamarán para entrar —le informó antes de volver la mirada a su portátil.

Después de una media hora, otra joven salió del interior del apartamento y dijo su nombre en voz alta. Adrián se levantó y la siguió hasta el cuarto donde hacían el *casting*. Allí estaba el director de *casting*, de unos cuarenta años y bastante amanerado, y una chica muy joven detrás de la cámara.

—Hola. Tú eres... —le dijo el director de *casting* con cierto aire de superioridad.

—Adrián. Adrián Díaz.

—¿Puedes dar una vuelta en el sitio, Adrián? —le preguntó el director.

Él asintió y dio una vuelta sobre sí mismo ante la cámara.

—¿Las manos?

—¿Mis manos? —preguntó Adrián, temeroso.

—¿Puedes enseñarnos las manos? —le dijo el director, como si ese momento de duda de Adrián lo hubiese enervado sobremanera.

Adrián levantó las manos mostrando el dorso a cámara.

—¿Las palmas?

—¿Qué? —dudó Adrián casi paralizado, resistiéndose a enseñarlas.

—¿Puedes enseñar las palmas de tus manos a cámara, por favor? —le solicitó el director con visible irritación.

Muy lentamente, Adrián giró las manos, dejando las palmas a la vista del «jurado». Tanto la chica de la cámara como el director de *casting* hicieron una mueca indisimulada de desagrado. Las palmas de las manos de Adrián presentaban unas desagradables rajas abiertas entre los nudillos.

—¿Puedes quitarte la camiseta? —le preguntó, por último, el director.

Adrián asintió y obedeció. El director de *casting* observó su torso desnudo unos segundos con cierta impudicia.

—Está bien. Ya puedes ponértela. ¡Siguiente! —gritó a su ayudante, que salía ya a buscar a otro actor.

—Pero... y ¿el texto? ¿No tengo que decir el texto? —preguntó Adrián mientras se ponía la camiseta de nuevo.

—Buscan a alguien con más músculo. Y con unas manos que no se tengan que esconder —añadió impasible—. Suerte para la próxima. ¡Siguiente!

Adrián salió de la sala, cruzó el recibidor lleno de actores y actrices aún esperando su turno y bajó la escalera del edificio hasta llegar a la calle. Caminó a lo largo de la Gran Vía y se preguntó si sería normal que lo acontecido le hubiera hecho sentir algo cercano a la humillación.

Aquella misma tarde tenía la última prueba que Guillermo le había conseguido. Dudó mucho si ir o no. Era en una sala de *casting* a las afueras de Madrid para anunciar un refresco. «Esos anuncios se suelen pagar bien», pensó Adrián, así que al final se presentó. La sala estaba abarrotada de gente. Tanta, que muchos de ellos aguardaban en la calle. Cuando ya llevaba más de una hora esperando, Adrián entró en el baño. Después de orinar, se miró en el espejo y pensó: «¿Qué coño estoy haciendo aquí?». Se lavó las manos frotándose con fuerza, como si quisiera que su ansiedad se desprendiera de él y desapareciese a través del desagüe. Pero lo que consiguió fue que sus heridas se abriesen y comenzasen a sangrar, lo cual lo agobió aún más.

Cuando entró a hacer su prueba eran casi las diez de la noche. Una directora de *casting* muy cansada y un joven cámara con aspecto de *hipster* (negra barba mullida, gafas de pasta y camisa a cuadros) lo esperaban dentro. Ella le dio la bienvenida y le pidió que se pusiera en la marca. Adrián se colocó y se presentó ante la cámara.

La directora de *casting*, agotada y consciente de que tras él aún le quedaban al menos otros cuatro por ver, le explicó en qué consistía el *acting* de la prueba.

—Se trata de que hagas que bebes de esta lata y que mirando a cámara digas: «¡Refrescante...!». Solo eso.

Adrián miró la lata que ella le ofreció. Era una lata de refresco vacía con la que presumió que otros actores habían hecho la prueba antes que él. Adrián necesitaba lavarla para apoyar sus labios en ella sin que la ansiedad lo desbordase. Si sus temores eran ciertos, esa lata habría sido usada por decenas de actores a lo largo de la jornada, por lo que contendría millones de gérmenes de todo tipo invisibles al ojo humano, gérmenes a través de los cuales podría contraer cualquier tipo de horrible enfermedad contagiosa.

—Venga —lo apresuró la directora de *casting*.

Tenso, tomó la lata, fingió abrirla y simuló beber. Miró a la cámara y dijo: «¡Refrescante...!». Pero nada de lo que hizo resultó convincente. En realidad, estaba demasiado ansioso pensando en los incontables labios que habrían tocado esa lata antes que los suyos.

—Gracias —dijo la directora de *casting* con prisa—. Ya te llamaremos.

—¿Ya está? —preguntó Adrián, resistiéndose a marcharse.

—Sí, sí, ya está. Muy bien, lo has hecho muy bien —respondió ella, incitándolo a salir lo más rápido posible.

Adrián sabía con seguridad que ella hablaba por hablar. Y que lo que había hecho no provocaría que se produjera la esperada llamada. Pero de todos modos ya estaba hecho. Salió de la sala de *casting*. Fuera era ya noche cerrada. Caminó hasta el metro durante unos diez minutos y, mientras paseaba, pensaba en todas las negativas que había recibido en los últimos días.

No se creía capaz de digerir ni una sola más.

16

ADRIÁN LLEGÓ A casa cabizbajo. Encendió la luz y miró el interruptor. Apagó la luz, nervioso. Volvió a encenderla. Y de nuevo a apagarla. Repitió el ritual varias veces hasta que, al fin, dejó la luz encendida y frenó en seco. Agotado mentalmente, apoyó su cabeza contra la pared y respiró profundamente. Percibió algo por el rabillo del ojo. Miró hacia la mesa y entonces lo vio. Ahí reposaba perfectamente colocado el libro de Julia, al que, desde que tuvieron su último encuentro, no había prestado atención alguna.

Adrián, tumbado boca abajo en la cama, leía el libro ávidamente. Por lo general, le costaba mucho concentrarse para leer. Tenía que repetir cada párrafo y le llevaba semanas terminar un libro. No ocurrió así con el de Julia. Parecía como si las páginas hablasen directamente con él, sobre él. Adrián sonreía, se emocionaba, se estremecía a través de la lectura. De repente se sentaba sobre la cama y poco después cambiaba de posición y se tumbaba boca arriba con el libro frente a él.

Horas después, se filtraba la luz del sol a través de la ventana, y Adrián, agotado, pero plenamente satisfecho, cerraba la contraportada del libro.

Algo dentro de él ya había cambiado.

Julia trataba de trabajar en su despacho. Se dedicaba a corregir textos en el ordenador. Leyó un párrafo y lo borró súbitamente. Escribió un par de líneas en su lugar. Observó lo escrito con la cabeza en otra parte. Se sentía completamente bloqueada. Sintió que era el momento para un segundo café bien cargado.

Se levantó y fue a la cocina. Metió la cápsula en la máquina de café y enseguida el aparato comenzó a trabajar. El olor a café invadió la cocina. Ella cogió la taza, inspiró el aroma, sopló dos veces y bebió un sorbo. Sin azúcar y sin leche, como siempre. Su mente seguía abstraída, muy lejos de aquella mañana soleada.

Sonó el timbre. Julia lo ignoró y siguió bebiendo su café a pequeños sorbos. El timbre volvió a sonar insistentemente. El molesto sonido, como un reiterado zumbido, trajo de inmediato a Julia al presente. Con su café en la mano y ostensiblemente irritada, se dirigió a abrir la puerta.

Cuando lo hizo, su sorpresa fue mayúscula. Era Adrián, quien, con su libro en una mano y mirándola con humildad, sacó de entre las páginas los papeles que Julia le había entregado en su primera cita.

—Los he rellenado todos —dijo tímidamente, ofreciéndoselos.

Julia lo miró con dureza un par de segundos que a Adrián le parecieron una eternidad y enseguida una genuina ternura inundó su rostro. A continuación tomó los papeles y, sin decir una palabra, le indicó a Adrián que entrara.

Ya sentados en el despacho y con su café aún en la mano, Julia abrió los papeles y les echó un vistazo. Las hojas estaban llenas de tachones. Esos trazos nerviosos hablaban del grado de ansiedad y perturbación que sentía el paciente. En la primera hoja casi todos los marcadores alcanzaban el número diez escrito, repasado y subrayado con un bolígrafo rojo. Julia pasó a la página siguiente y le cambió la cara. Todos, absolutamente todos, eran dieces en rojo.

—¿Qué pasa? ¿Lo he hecho mal? —preguntó Adrián con inocencia.

Julia negó con la cabeza sin levantar los ojos de los papeles. Esos dieces en rojo eran el símbolo inequívoco de una existencia marcada por un profundo sufrimiento.

—Tu TOC es... ¿por qué conduciendo? —preguntó, en alusión a una anotación que le había llamado la atención.

—Me pasa conduciendo, sí. Siempre me obsesiono con que he atropellado a alguien. Llego a tener la... absurda certeza de que alguien se está desangrando en la cuneta. Siempre tengo que volver a comprobar... A buscar a un herido que no existe. Sé que no tiene ningún sentido, pero, aun así, tengo que hacerlo. Ni siquiera sé cómo pude sacarme el carné.

Julia lo miró y se quedó pensativa un instante. Ese fue el momento en que decidió ayudarlo como fuera.

—Bien, lo primero es lo primero: vas a leer todo lo que puedas sobre el tema —dijo mientras se levantaba y caminaba hacia su estantería, repleta de tomos de todos los tamaños y colores—. Mira, llévate este libro. Y este de Foa y Wilson.

Julia iba extrayendo los libros de su biblioteca y se los iba pasando a Adrián, quien, aún sentado, los cogía algo desorientado.

—El de Pinillos también —dijo, dándole un grueso tomo color verde flúor—. Y el de Mardomingo.

Adrián tenía las manos cargadas ya con varios volúmenes. Y Julia tomó el de abajo de todos, el que traía Adrián consigo —el suyo—, del que se resistía a separarse.

—Este ya lo has leído, ¿no?

Adrián asintió con la cabeza y lo soltó.

—Luego te lo devuelvo con una firmita —dijo Julia, resuelta—. Ah, y el de Rapoport —añadió, a punto de encasquetar uno más a la pila de libros que ahora sostenía en las manos.

—Ese ya lo he leído —dijo Adrián, orgulloso.

—Mira qué bien.

Él observó los diferentes volúmenes con los que Julia lo había cargado y se atrevió a preguntar lo que le rondaba la cabeza desde que entró.

—Entonces... ¿me va a ayudar?

Julia le dedicó una serena sonrisa.

—Adrián, voy a mostrarte a la única persona que realmente puede ayudarte.

Abrió un cajón de la mesa del despacho y sacó un espejo de tamaño mediano que colocó justo frente al rostro de Adrián. Él observó tímido su reflejo en el cristal.

—La tienes justo enfrente, y si no lo ves, no importa lo que yo haga.

17

DIARIO DE UN TOC

LA CAUSA DE MI TRASTORNO OBSESIVO-COMPULSIVO

> «Porque nadie puede saber por ti. Nadie puede crecer por ti. Nadie puede buscar por ti. Nadie puede hacer por ti lo que tú mismo debes hacer. La existencia no admite representantes.»
>
> JORGE BUCAY

> «Y conoceréis la verdad. Y la verdad os hará libres.»
>
> JUAN 8, 2

He pasado años echando balones fuera. Culpando con mi comportamiento rebelde a mis padres por mi trastorno. En silencio, pretendí hacerles creer que su forma de educarme era la causa principal de que yo desarrollara este desorden. Pretendí hacer creer a mi madre que su sobreprotección, su obsesión por la limpieza y su aferrada y supersticiosa visión de la religión católica habían tenido como resultado en mí la aparición de este trastorno. Pretendí hacer creer a mi padre que su timidez al mostrar cariño, sus exigencias hacia mí, y su rudeza y, en ocasiones, falta de tacto habían desembocado en mi TOC.

Años después, descubrí la denominada «teoría de los ganglios basales». Tras estudiarla a fondo, me convencí de que la causa de este trastorno se encontraba en mi genética. En mi cerebro. Buen hallazgo. Y perfecta excusa. Hiciera lo que hiciese, tenía la justificación idónea para seguir atascado, TOCADO.

Pero al menos había dejado de culpar a mis padres, que me han educado, por otra parte, siempre de un modo entregado y amoroso y me han dado todo lo que he necesitado y aún más, algo por lo que me siento realmente afortunado y agradecido.

«Las evidencias sugieren que las personas con TOC tienen una deficiencia de un neurotransmisor químico que se encuentra en el cerebro llamado serotonina...» Tras notar una mejoría considerable al iniciar un tratamiento con sertralina, un medicamento que regula la captación de serotonina, esta teoría pasó a ser absolutamente ratificada por mi propia experiencia. Pero yo seguía estando mal.

Ahora sé que la responsable de mi trastorno no fue mi educación, ni tampoco lo fueron mis padres. Tampoco creo que lo sea mi cerebro, ni ninguna deficiencia neurológica. Quizá la tenga, y eso explicaría que la sertralina me ayude en alguna medida. Pero esa no es la verdadera causa de mi trastorno. O, al menos, no la única. Ahora creo que conozco la verdad.

Y la verdad es que la causa de mi trastorno, el mayor responsable de mi TOC, soy yo mismo. Es duro de decir y aún más de aceptar. Pero así es. En algún momento de mi niñez, creé (por supuesto, de manera inconsciente) ese universo (¿perfecto?) en el que todo está en orden, alineado, limpio y simétrico. Ese universo donde no cabe el número 6, ni los números que lo contengan. Ese universo donde yo, por alguna razón, me erigía como salvador de mis congéneres, pero también como responsable de las probables desgracias futuras que pudiesen ocurrir a mi alrededor. Un universo donde lavarme las manos siete veces más significaba que a mi madre no le ocurriría nada al coger el coche o que todos llegaríamos sanos y salvos a la hora de la cena. Un universo bastante cruel... Os suena, ¿verdad?

Ver esto ha sido para mí como una especie de iluminación espiritual. Es duro. Pero también liberador. Porque ha provocado que comience a brotar en mí la fuerza necesaria para liberarme de las cadenas que yo mismo me impuse tiempo atrás. De la pesadilla que me ha mantenido cautivo durante todos estos años. Al ponerme a mí mismo como responsable de mi propia realidad, de mi manera, hasta ahora, bastante patológica de ver el mundo, me pongo a mí mismo también como absoluto responsable de mi proceso de superación. Y no creo que ningún medicamento ni ningún tratamiento pueda conducirme a una liberación absoluta si antes no soy capaz de ver esto con nitidez.

Espero que mi humilde y personal revelación os ayude de algún modo. Y quizás os anime a discernir el grado de responsabilidad que ejercéis (inconscientemente, por supuesto) sobre vuestro TOC. Da vértigo atreverse a mirar. Pero solo la verdad nos hará libres.

Publicado por Adrián a las 09:05. No hay comentarios: ✉ ✏

18

ADRIÁN ENTRÓ EN silencio en el teatro y se quedó al final del patio de butacas observando callado el ensayo. Le dio la impresión de que todo iba de maravilla sin él y de que nadie lo echaba en falta y eso lo hizo sentir terriblemente mal.

—¡Muy bien, chicos! ¡Descanso de diez minutos! —gritó Gustavo, aparentemente muy satisfecho con el trabajo del grupo.

Cuando la gente comenzó a dispersarse para beber agua, Jaime se acercó a Sonia y le susurró algo al oído, y ella se rió coqueta. Gustavo se giró hacia la entrada y descubrió a Adrián al fondo.

—¡Adri! ¡Espérame en el vestíbulo!

En cuanto Sonia oyó a Gustavo pronunciar el nombre de Adrián, se alejó de Jaime nerviosa y se escondió entre bastidores. Adrián asintió al director sin decir nada y salió al vestíbulo. En un par de minutos, Gustavo llegó con un sobre en la mano.

—Toma —le dijo, haciéndole entrega de él.

—Pensaba que lo ingresaríais directamente en mi cuenta —dijo Adrián, confuso.

—Bueno, dadas las circunstancias... he creído oportuno dártelo en mano.

—¿A qué te refieres? —preguntó él, desconcertado.

Gustavo guardó silencio, y Adrián abrió el sobre, que, para su sorpresa, tan solo contenía un par de billetes de veinte.

—Será una broma... —espetó Adrián.

—Es el dinero que te has gastado en el tinte con el traje —le aclaró Gustavo no sin cierto cinismo.

—Y ¿lo demás?

—No hay más, Adri —contestó el director, tranquilo—. Puedes estar contento. La productora quería demandarte por incumplimiento de contrato. Menos mal que me llevo bien con Gonzalo y conseguí convencerlos de que no lo hicieran.

—Estaba esperando ese dinero —dijo Adrián como expresando un pensamiento íntimo en voz alta, aún sin comprender nada.

—Esto es lo que hay. Te lo avisé, Adri.

Adrián hizo el amago de devolverle los billetes a Gustavo para mantener cierta dignidad.

—Quédatelo, Adri —le dijo él, rechazando el dinero—. Lo vas a necesitar.

A Adrián no le salieron las palabras. Se guardó el dinero, se tragó su orgullo y se marchó.

19

JULIA, SENTADA TRAS la mesa del despacho, le preguntó a Adrián cuáles eran sus compulsiones más habituales. Adrián se levantó de la silla muy inquieto y empezó a enumerarlas, agitado.

—Lavarme. Lavarme las manos una y otra vez. Comprobar. Comprobar que he cerrado el gas. Que he apagado las luces. Que he cerrado la puerta. Y repetirlo todo una y otra vez. —Adrián se quedó en silencio un segundo antes de caer derrotado en la silla—. No puedo seguir con esto. Siento que voy a explotar.

—Hazlo —le dijo Julia con aparente frialdad.

—¿Qué? —Adrián no lo entendió.

—Explota —le sugirió ella.

—No puedo —dijo él con una sonrisa nerviosa.

—¿A qué le tienes tanto miedo? —le preguntó ella con una luz en la mirada.

—A nada —respondió Adrián enseguida. Pero unos segundos después, ante la mirada atenta y serena de Julia, rectificó su respuesta—. A perder el control, supongo.

—Bien. Vamos a hacer una cosa —le propuso ella.

Julia se levantó y se dirigió a una banqueta, junto a la ventana, que estaba cubierta de cojines y almohadas. La luz del mediodía se filtraba cálidamente a través de los cristales. Julia cogió un mullido almohadón blanco.

—Diles a estas almohadas todo lo que se te ocurra —le pidió mientras sostenía el cojín blanco entre las manos—. Y permite que salga todo lo que guardas ahí. Toda esa rabia. Ese enfado.

Adrián empezó a reírse nervioso.

—No puedo hacer eso —le contestó, negando con la cabeza.

—No tienes que tener miedo —lo animó Julia—. Son solo unos cojines. No hay nada que temer.

Adrián se quedó paralizado. La sugerencia de Julia le parecía ridícula. Le estaba pidiendo que se pusiera a hablarles a unos cojines... Pero, al mismo tiempo, se daba cuenta de sus propias resistencias internas para llevarla a cabo, por lo que concluyó que esa propuesta de estúpida debía de tener más bien poco. Julia lo vio dudar un segundo y aprovechó para animarlo de nuevo.

—Diles lo que quieras. Es tu oportunidad, Adrián —le dijo, ofreciéndole el almohadón.

Adrián lo miró dubitativo y finalmente lo cogió y lo apretó entre las manos.

—Estoy harto de esto —dijo, mirando la almohada sin ninguna convicción, para luego volver sus ojos a Julia como buscando su aprobación.

—Seguro que puedes hacerlo mejor.

Adrián se decidió a intentarlo una segunda vez.

—Quiero estar tranquilo... —susurró en esta ocasión plantando su mirada en el cojín.

—Suéltalo, Adrián. Venga.

Adrián resopló y miró a Julia antes de intentarlo de nuevo.

—Quiero estar tranquilo —volvió a repetir casi mecánicamente.

Julia pensó que era mejor dejarlo ahí.

—Está bien. Dejémoslo por hoy —le dijo Julia cogiendo el almohadón de las manos de Adrián y colocándolo en la banqueta.

Adrián se quedó de pie, completamente inmóvil. Cerró los ojos y respiró profundamente, como buscando conectar con sus emociones. Julia volvió detrás de su mesa y lo observó en silencio con cierta expectación. Parecía que algo iba a ocurrir, pero ni Julia ni Adrián sabían muy bien el qué. De repente, Adrián abrió los ojos, se puso frente a la banqueta y comenzó a soltarlo todo como si fuera un torrente de agua que había roto por fin un impenetrable muro de piedra.

—¡Quiero estar tranquilo! ¡Quiero estar en paz! ¡En paz! ¡Por vuestra culpa lo he perdido todo! ¡Todo! ¡Lo he perdido todo!

Adrián gritaba fuera de sí, mientras golpeaba los cojines y las almohadas con los puños. El relleno de plumas se salió de varios de ellos y, como si fuera una nieve fina, inundó parte de la habitación y flotó hasta pegarse en el rostro y la piel de Adrián. Él siguió descargando su rabia hasta caer agotado de rodillas mientras repetía sollozando: «Lo he perdido todo, lo he perdido todo...».

Julia lo miraba en silencio. Por primera vez en muchos años, no sabía qué decir.

20

DIARIO DE UN TOC

ACEPTA TUS EMOCIONES

«No podemos resolver los problemas usando el mismo tipo de pensamiento que teníamos cuando los creamos.»

Albert Einstein

«La libertad supone responsabilidad; por eso, la mayoría de los hombres le tiene tanto miedo.»

George Bernard Shaw

En mi camino para superar el TOC he encontrado a una gran profesional que me está ayudando a enfrentarme al monstruo del que hasta ahora he estado huyendo incesantemente: mi propio miedo. Miedo a la soledad, miedo a no ser lo suficientemente bueno, miedo al propio miedo... y miedo a mis emociones.

Así es. He descubierto que unos de mis disparadores de ansiedad y obsesiones son mis propias emociones, ya sea la lágrima incipiente al ver una película, la ira al enfadarme con alguien o la sensación de fracaso al no superar una audición. Es decir, emociones que me hacen sentir que «pierdo el control» de mi vida.

Así que uno de mis grandes objetivos actualmente es superar ese miedo a mis emociones y permitirme enfadarme con naturalidad, alegrarme sin límites y llorar sin tapujos.

Creo que este es, sin duda, un paso definitivo en mi camino hacia la libertad.

Publicado por Adrián a las 13:00. No hay comentarios:

21

ADRIÁN CAMINABA POR la Gran Vía. Se paró ante el semáforo y miró al cielo. Era una tarde soleada y tranquila, y de pronto se sintió con fuerzas para intentar algo. De algún modo, conectar con sus emociones en la terapia con Julia el día anterior le había servido de acicate para vencer sus miedos y enfrentarse a una primera prueba de fuego.

Adrián miró el paso de cebra y después dirigió su vista al semáforo, aún en rojo para los peatones. Respiró hondo y este se puso en verde. Su meta era bien simple. Solo tenía que cruzar el paso de cebra plantando los pies en el negro asfalto, en lugar de cuidarse de pisar únicamente las bandas de pintura blanca, y aguantar su ansiedad. Era muy sencillo. Él sabía que pensamientos horribles e imágenes mentales difíciles de soportar invadirían su cabeza cuando «se saltara las normas». Pero tenía que intentarlo.

Finalmente dio el primer paso. Pisó la franja de negro asfalto. Su ansiedad ascendió bruscamente. Pero apretó los puños y siguió adelante con pasos lentos y cada vez más pesados. A cada paso que daba estaba más y más tenso. Las imágenes en su cabeza se sucedían como una macabra película de terror en la que gente que él conocía, gente que él amaba, eran los desafortunados protagonistas. De pronto, no pudo aguantarlo más y paró. No logró dar un paso más. Se quedó atascado justo en la mitad de la Gran Vía mirando su meta, la otra acera, que ahora le parecía remota. El semáforo comenzó a parpadear y Adrián decidió dar la vuelta y hacerlo respetando el absurdo ritual, pisando exclusivamente las bandas blancas. Las luces se pusieron en rojo mientras Adrián seguía saltando con cautela de una franja a otra. Los coches arrancaron cuando a él le faltaban dos zancadas para llegar a la acera. Justo en el último salto, un conductor que llevaba un cochazo negro tuvo que frenar para no atropellarlo.

—¡Subnormal! —le gritó el conductor a través de la ventanilla bajada de su BMW mientras Adrián por fin alcanzaba la acera.

Intentó recuperar el aliento. A su lado, esperando para cruzar, había una madre con una niña con coletas cogida de la mano. La madre miró asustada a su hija y, señalando a Adrián muy enérgica mientras se ponía en cuclillas frente a la niña, le dijo: «¡Nunca, nunca hagas eso!».

22

ESTELA SE ENCONTRABA al teléfono hablando con un cliente mientras Joana limpiaba copas y preparaba la barra para la apertura del restaurante.

—Déjeme ver qué tenemos libre hoy —le solicitó con su suave deje ecuatoriano.

Estela abrió la agenda y comprobó que no había ni una sola reserva para esa noche.

—Será complicado… —le dijo Estela a su interlocutor, fingiendo escudriñar una agenda copada de reservas en busca de una mesa libre—, pero creo que podremos hacerles un hueco. ¿Cuántos serán? ¡Ochenta! No, no. Está bien, ya se nos ocurrirá algo… ¿A las nueve? Sí, perfecto. Sí, sí. Hasta lueguito.

Joana, la camarera de curvas y acento marcadamente venezolanos, dejó de limpiar copas y se acercó decidida.

—¿Ochenta? ¿Estás loca? Mario sigue de baja y…

Estela la miró muy seria.

—Llevamos dos meses sin cumplir objetivos. Si esto no sube pronto, nos cierran. Esta cena es lo que necesitamos.

—Tú sabrás —añadió Joana, rebajando un poco su tono—. Lo único que digo es que no sé cómo lo vamos a hacer.

En ese mismo momento, como respondiendo a la pregunta implícita de Joana, Adrián entró en el restaurante. Llevaba una carpeta bajo el brazo y el pelo algo despeinado.

—Hola. ¿Qué se le ofrece? —preguntó Estela, muy educada.

—No abrimos hasta la una —dijo Joana con mala leche.

—Hola, ¿qué tal? Estuve aquí el otro día... —saludó Adrián algo nervioso.

—Ah, sí... Cómo olvidarte... —dijo Joana saliendo a su encuentro mientras lanzaba una mirada divertida a Estela—. El principito...

—Sí... —sonrió él con timidez.

Estela se rió por lo bajini. Era evidente que Joana le había contado sobre el día en que Adrián pidió su *pizza* vestido con el traje de época.

—Y ¿bien? ¿Vegetariana con piña? —le preguntó Joana sin perder su sentido del humor.

—Venía por lo del anuncio. Traigo aquí mi currículum y... —respondió Adrián mientras sacaba una hoja de su carpeta.

Estela y Joana se miraron, cómplices.

—¿Tienes experiencia? —le preguntó Estela.

Adrián asintió.

—La prueba será esta noche a las nueve —dijo Estela enseguida—. Trae un pantalón negro y una camisa blanca. Y asegúrate de estar media hora antes aquí. Si vales para esto, hablaremos.

—Genial —contestó él, conforme—. Aquí estaré a las ocho y media.

Adrián se dirigió a la puerta.

—¡Eh! —le gritó Joana desde la barra—. Y péinate.

Adrián se giró hacia ellas, sonrió y se tocó el pelo, nervioso. Asintió y salió del restaurante.

—¡Cómo te pasas! —le dijo Estela a Joana, que no podía dejar de reír—. Mira que como se quede te lo va a restregar por los morros.

—Ese no sirve para camarero. Se le ve en la cara —añadió ella mientras volvía a limpiar copas.

—Sea como sea, esta noche él es nuestra salvación. Así que espero que no lo hayas espantado.

23

ADRIÁN NO ESTABA bien ese día. Y Julia se dio cuenta enseguida.

—Llevas peleando con tu trastorno toda la vida. Enfadado. Y sigues con él, ¿no? Simplemente, no ha funcionado. Está claro que esa no es la manera. Así que quizás ha llegado el momento de aceptarlo y de preguntarte por qué está aquí —le dijo Julia.

—No lo entiendo. ¿Por qué querría aceptar esto? —replicó él, agitado.

—Aceptar para poder cambiar.

Adrián pensó un momento en esa última frase, y Julia siguió hablando, hilando sus argumentos con una preciosa historia.

—Mira... había una vez un aguador que tenía dos grandes vasijas, que colgaba de un palo que cargaba sobre los hombros —comenzó—. Una tenía varias grietas, por lo que siempre, al llegar a su destino, comprobaba que había perdido la mitad de su contenido. La otra, sin embargo, era perfecta y se sentía orgullosa de llegar cada día al pueblo vecino con toda el agua, sin haber derramado una sola gota en el camino. La vasija agrietada se sentía avergonzada, pues entendía que no cumplía la misión para la que había sido creada. Así que, después de unos años, le dijo al aguador: «Te pido perdón porque debido a mi imperfección solamente obtienes la mitad del dinero que deberías recibir por tu trabajo». El aguador le contestó: «Cuando volvamos a casa, quiero que observes las flores que crecen al otro lado del camino». Así lo hizo la vasija y, efectivamente, vio preciosas flores de muchos colores a lo largo de la vereda. Pero, aun así, se sentía avergonzada y triste porque al final solo era capaz de guardar dentro de sí misma la mitad del agua. El aguador le dijo entonces: «¿No te has dado cuenta de que las flores únicamente crecen en tu lado del camino? Quise sacar lo mejor de tus grietas y sembré semillas de flores que tú, sin saberlo, has ido regando cada día durante todos estos años. Si no fueras exactamente como eres, no habría sido posible crear tanta belleza».

A Adrián le agradó la historia, pero no pareció que cambiara realmente lo que sentía sobre sí mismo.

—No hay nada malo en ti, Adrián. ¿Lo entiendes? —continuó diciéndole Julia, tratando de que él comprendiera—. No hay nada que te haga menos valioso que los demás. Nada.

—Entonces, ¿por qué me siento así? —preguntó él—. ¿Por qué me siento tan a menudo como esa vasija? ¿Por qué me siento como si tuviera una tara? ¿Por qué me siento... como si fuera una mala persona?

Julia guardó un breve silencio y se levantó con calma. Se colocó sobre la gran alfombra del centro del despacho y se sentó en postura de meditación. A Adrián lo sorprendió la flexibilidad que poseía a su edad.

—Ven —le ordenó Julia desde el suelo.

Adrián, que seguía sentado en la silla, se levantó sin saber muy bien qué hacer.

—Siéntate. Hoy vamos a meditar.

Adrián puso cara de: «Muy bien, y ¿cómo se hace eso?».

—Es muy sencillo. Cierra los ojos. Y concéntrate en tu respiración. Se trata de observar tus pensamientos como si fuesen trenes que pasan y que miras desde el andén. Pero sin...

—Sin que me pasen por encima, ¿no? —la interrumpió Adrián con media sonrisa.

—Eso es.

Adrián se sentó finalmente en la alfombra. Julia y él se miraron durante un instante. Ella cerró los ojos y él la imitó. Adrián trató de no implicarse en sus pensamientos, tal como Julia le había explicado, pero se le antojaba un reto muy difícil de alcanzar. Tras unos segundos sentado respirando, sus nervios le hicieron levantarse de un salto. Julia abrió los ojos muy lentamente.

—No puedo —le explicó Adrián—. Mis pensamientos... Es como estar en medio de una autopista de siete carriles. Vienen y van, y vienen y van... todos a la vez. No puedo evitar subirme en cada uno de ellos y...

—Tienes que darte cuenta, Adrián, de que no eres tus pensamientos.

—Pero ¿cómo lo hago? —preguntó él, enervado.

—Solo respira. Y conecta contigo mismo.

—Discúlpeme, pero creo que esto no es para mí. Lo siento —se disculpó Adrián, volviendo a sentarse en la silla.

—Está bien. Tranquilo. Quizás otro día —añadió Julia, con la esperanza de poder retornar a la meditación en poco tiempo.

—Quizá —concluyó Adrián, seguro de que no sería así.

24

Adriestatocado: Hola??

Adriestatocado: Hay alguien???

Adriestatocado: ...

Tocadadelala *ha entrado en la sala.*

Tocadadelala: Adriiiiiii!! Cuánto tiempo!!!

Adriestatocado: Ya...

Tocadadelala: Qué tal todo? Qué tal fue el estreno?

Tocadoyhundido *ha entrado en la sala.*

Adriestatocado: Bueno, no hubo estreno...

Tocadoyhundido: ¿Qué es eso de que no hubo estreno? Holaaaaaa!!!!!!

Tocadadelala: Hola, Jon, qué haces??

Tocadoyhundido: Aquí, corrigiendo exámenes...

Tocadadelala: Qué es eso de que no hubo estreno, Adri???

Adriestatocado: Bueno, sí ha habido estreno. Pero yo no he estado.

Adriestatocado: Me echaron de la compañía.

Tocadadelala: ¿Te volvió a pasar?

Adriestatocado: ...

Toctoc31 *ha entrado en la sala.*

Tocadadelala: ¿Te quedaste atascado en un ensayo?

Adriestatocado: Sí.

Tocadoyhundido: :-(

Tocadadelala: Adri, lo siento mucho.

Toctoc31: Qué putada...

Adriestatocado: Hola, Carlos. Gracias, chicos. No pasa nada. Cosas de la vida.

Tocadoyhundido: Tú animo, Adri.

Adriestatocado: Supongo que mi sueño de ser Hamlet se ha ido a la mierda.

Tocadoyhundido: Bueno, otros sueños más grandes vendrán, Adri.

Toctoc31: Sí, ya sabes lo que dicen... Cuando se cierra una puerta, se abre una ventana...

Adriestatocado: Ya...

Tocadadelala: Y ¿que vas a hacer ahora?

Toctoc31: ¡Esas tildes, por favoooor!

Adriestatocado: Pues buscar curro...

Tocadadelala: ¿QUÉ vas a hacer?

Tocadoyhundido: Ánimo!!!

Toctoc31: Gracias... Por la tilde, digo...

Adriestatocado: Estoy sin blanca, así que no queda otra. Esta noche hago una prueba en un restaurante, a ver si me contratan...

Tocadoyhundido: Y ¿tu novia sigue en la obra?

Adriestatocado: Sí. Solo que ya no es mi novia.

Tocadoyhundido: Bocazas soy, joder!

Tocadadelala: Vaya, Adri... :-(

Toctoc31: Pero te ha dejado ella o la has dejado tu?

Tocadoyhundido: Carlos!!!! Eso no se pregunta!!

Tocadadelala: Además con el ansia de saber se te ha olvidado una tilde!!

Tocadadelala: Jajajajajaja

Toctoc31: Noooooooo!!! Es verdad!!!

Toctoc31: Pero te ha dejado ella o la has dejado TÚ?

Toctoc31: Pero te ha dejado ella o la has dejado TÚ?

Toctoc31: Pero te ha dejado ella o la has dejado TÚ?

Tocadadelala: Adri, no te enfades con él, ya sabes...

Adriestatocado: Cómo podría?

Tocadoyhundido: Bueno, tú mucho ánimo, Adri.

Adriestatocado: Sí. Por cierto, estoy viendo a una psicóloga nueva. Ya os contaré.

Tocadadelala: Ah, sí? Genial!!

Toctoc31: Pero ¿sigues tomando la sertralina?

Adriestatocado: Sí, sertralina y terapia. La unión hace la fuerza, jeje.

Tocadoyhundido: Di que sí, jajaja.

Adriestatocado: Ahhh!!

Tocadadelala: Qué?

Adriestatocado: He abierto un blog. Me encantaría que lo visitarais y me dierais vuestra opinión.

Adriestatocado: www.diariodeuntoc.blogspot.com

Tocadadelala: Maravilloso!! Me meto ahora mismo!!

Tocadoyhundido: Cuenta con mis visitas y mis comentarios, jejeje.

Adriestatocado: Espero que os guste. Cualquier sugerencia es bienvenida.

Toctoc31: Yo te haré una revisión de las tildes si no te importa, Adri.
Adriestatocado: Para nada. :-)
Tocadadelala: Joder, Carlos, estás fatal, jajajaja.
Tocadoyhundido: Eso se lo dices mientras echas lejía sobre tu escritorio, Bea?? Jajaja.
Tocadadelala: Muy gracioso, Jon. ¿Cuántas veces has repasado con el boli las notas del último examen que has corregido? Me gustaría saberlo.
Toctoc31: Seguro que muchas, pobre...
Tocadoyhundido: He taladrado el papel... :-(
Tocadadelala: Jajajajajajajajajajajajajajajajajajaja.
Adriestatocado: :-)
Adriestatocado: Os adoro, chicos. Es verdad que sois perfectos tal como sois.
Toctoc31: ¿A qué viene eso, Adri?
Adriestatocado: Naaaa... Cosas mías.
Adriestatocado: Tengo que irme. Gracias por los ánimos!
Tocadadelala: Que tengas suerte en el restaurante esta noche, Adri!
Toctoc31: Suerte, Adri!!
Tocadoyhundido: Mucha suerte, Adri!! Un abrazo!
Adriestatocado: Un abrazo a todos!!

25

JOANA SE ENCONTRABA atendiendo una de las dos mesas ocupadas que tenían en todo el restaurante. El reloj de metacrilato de la sala marcaba las ocho treinta y cinco.

—Ponme una botella de Lambrusco para la quince —le dijo a Estela, que se encontraba tras la barra preparando las bebidas.

Estela sacó la botella del refrigerador y la puso en una champanera llena de hielo. Joana se acercó a la barra a recogerla.

—Te dije que lo habías espantado —le reprochó Estela.

—Y yo te dije a ti que no servía para esto —agregó Joana con cierto aire de triunfo.

Cuando Joana terminó de pronunciar esa frase, Adrián hizo su entrada en el restaurante con su mochila colgada al hombro. Estela respiró con alivio y, divertida, dirigió una mirada victoriosa a su compañera.

—Llegas tarde —dijo mientras se aproximaba a Adrián.

—Sí, siento...

—¿Traes la ropa? —le preguntó, interrumpiéndolo sin darle tiempo a justificarse.

—En la mochila —respondió él.

—Bien, ve a cambiarte. Tenemos una cena de ochenta personas a las nueve. Esa es tu prueba.

Adrián asintió y se marchó raudo al vestuario. Estela se giró hacia Joana, que negaba con la cabeza.

—No va a servir para esto —decía como dando la puntada.

—Más nos vale que no tengas razón.

El restaurante estaba completamente lleno. Joana, Estela y Adrián repartían los gigantescos platos de *pizza* por las diferentes mesas sin parar un instante. En un momento dado, coincidieron Estela y Joana esperando platos en cocina. Adrián llegó con prisa, las miró y proyectó su voz a la jefa de cocina, con educación, pero con sobrada eficacia.

—Necesito la *parmegiana* de la once, las *farfalle* de la cuatro y la cuatro estaciones de la veintitrés, por favor.

Enseguida, un ayudante colocó los platos que Adrián esperaba a su alcance, y él cogió los tres con soltura y se marchó a toda velocidad. Estela miró a Joana con gran complacencia.

Dos horas después, Adrián se encontraba recogiendo mesas. Las ochenta personas de la cena ya habían abandonado el restaurante y lo habían dejado como si hubiera pasado por ahí un huracán. Una última pareja salía del restaurante escoltada por Estela.

—Muchas gracias. Vuelvan pronto. Buenas noches —los despedía amigablemente.

Después se volvió a Adrián y lo miró muy seria.

—El puesto que puedo ofrecerte es de media jornada. ¿Aún sigues interesado?

Adrián asintió. Estela sonrió más relajada.

—Entonces te quedas. Si quieres, claro.

—Sí, quiero —se apresuró a decir él antes de ponerse de nuevo a recoger los últimos vasos de las mesas y cargarlos en su bandeja, muy diligente.

—Muy bien —le dijo Estela mientras le cogía la bandeja cargada de piezas de cristal y la dejaba sobre la barra—. Luego terminamos esto. Ahora a cenar.

Después, se acercó a la puerta del restaurante, echó la llave y se dirigió a la sala de dentro.

—Pero todavía me queda recoger estas mesas y limpiar la barra... —dijo Adrián antes de quedarse atascado en la frase—. Todavía me queda recoger estas mesas y limpiar la barra... Todavía me queda...

—¡Espera! ¡No me lo digas! —lo interrumpió Estela llevándose dos dedos a la frente mientras cerraba los ojos como evocando poderes psíquicos—. Todavía te queda... recoger estas mesas y limpiar la barra

—dijo con gracia, simulando haberlo adivinado, antes de echarse a reír.

Adrián se quedó inmóvil, muy serio, como sorprendido de que alguien hiciera una broma —y encima graciosa— acerca de sus reiteraciones sin darles más importancia.

—¿A qué esperas? ¡Sígueme! —dijo Estela con energía al ver que él no se movía.

Él la siguió deprisa y entraron en el otro salón, algo más pequeño que el exterior. En el centro había una mesa larga, que el pizzero y una cocinera estaban terminando de montar para todo el personal.

—Pongan un cubierto más. Adrián se queda —dijo Estela, radiante.

Hubo una muestra de alegría general. Una señora muy bajita con delantal lo invitó a sentarse y le ofreció una servilleta y cubiertos.

—Gracias —le dijo Adrián tímidamente mientras se sentaba.

Dumitru, el pizzero, sacó un par de *pizzas* del horno de piedra y las puso en el centro de la mesa. Adrián reparó en que eran extremadamente singulares. Una tenía espinacas, queso *ricotta* y nueces y la otra era de pollo con manzana y cebolla caramelizada. Desde luego, no eran las típicas *pizzas* italianas, pero tenían una pinta estupenda y su maravilloso olor parecía estar diciendo «cómeme».

—¿Te gustan? —le preguntó Dumitru, orgulloso, al ver que a Adrián se le estaba literalmente cayendo la baba con sus creaciones.

—Estamos intentando introducirlas poco a poco en la carta, a ver si le gustan a la gente... —comentó Estela.

Román, el camarero que había atendido el salón interior durante la jornada, se acercó con dos jarras de limonada. Joana se sentó mientras charlaba animadamente con Ramona, la jefa de cocina.

—Ya, pero el título que tengo aquí no me sirve un carajo. Así que tendría que volver a empezar desde cero —se lamentaba esta última.

—Desde menos de cero, porque tendrías que hacer el curso de acceso a la universidad —le dijo Joana, desanimándola aún más.

—¿Tú a qué te dedicas, Adrián? —preguntó Román con un encantador acento mexicano.

—Adrián es actor —se apresuró a decir Estela, dejando al muchacho con la palabra en la boca.

—¡Qué chévere! —se admiró Román, recogiendo su largo y lacio pelo negro en una coleta antes de servirse un poco de ensalada.

—Y ¿eso te da para comer? Obviamente no. Si no, no estarías aquí —le dijo Joana con displicencia.

Un hombre con mirada feliz y acento filipino le acercó una bandeja, aliviando un poco el impacto del desafortunado comentario de Joana.

—¿Quieres arroz? Muy rico. Muy rico.

Antes de que Adrián contestara, el ayudante de cocina filipino ya le estaba llenando de arroz el plato.

—Muchas gracias.

—Yo era veterinario en mi país —dijo Dumitru, el pizzero, con su marcado acento rumano, y levantó el enorme plato de *pizza* y se lo acercó a Adrián para que se sirviera un trozo.

—Nunca lo habías dicho. ¿De verdad? —preguntó Ramona, sorprendida.

Estela, que estaba sentada junto a Adrián, le susurró al oído:

—Como puedes ver, aquí el extranjero eres tú.

Adrián sonrió mientras tomaba un suculento pedazo de *pizza* y probó por fin la deliciosa creación de Dumitru. Su sabor y su jugosa textura lo dejaron sin palabras.

—Y tú, Abdul... ¿qué hacías en Bangladés? —preguntó Román para integrar al lavaplatos, el único que no hablaba español de toda la plantilla.

—*Bisnes, bisnes...* —repetía Abdul en inglés con su acento bengalí.

Kamal, otro empleado proveniente de aquel país, hizo de intérprete.

—Era empresario. Con telas.

—Empresario. Con telas —repitió Abdul emulando a un loro, como si tratara de memorizar esas palabras.

—Y ¿tú, Kamal? —preguntó Joana con curiosidad—. ¿Tú qué hacías?

Todos estaban expectantes. Kamal era el tipo de persona que siempre tenía ocurrencias para todo.

—Yo era el presidente de mi país.

La mesa al completo estalló a reír. Por primera vez en mucho tiempo, Adrián se sintió como en casa.

26

DIARIO DE UN TOC

UNA BUENA PERSONA

> «No conozco la clave del éxito, pero sé que la clave del fracaso es tratar de complacer a todo el mundo.»
>
> WOODY ALLEN

Estas últimas semanas he estado trabajando en mi concepto sobre lo que significa ser una buena persona y las creencias (erróneas) que tengo al respecto.

He descubierto que mi noción de lo que supone ser una buena persona es imposible de alcanzar (al menos, sin causarme daño a mí mismo) y que poseo (como poco) un par de creencias erróneas, sostenidas a su vez por ese concepto, en las que mi trastorno obsesivo-compulsivo se justifica para actuar en la mayoría de las ocasiones. Así que conocer esta información, cuestionarla y reformularla es primordial en mi caso.

Una de esas «creencias erróneas» es que, para considerarme buena persona y que la culpa (y la ansiedad que la sigue) no me devore por dentro, «tengo que hacer feliz siempre a mis seres queridos» (entiéndase por «seres queridos» principalmente a mi familia).

La segunda creencia es que «tengo que evitarles siempre cualquier dolor o malestar».

No creo que haya nada patológico en estas creencias en sí mismas. Es normal que queramos hacer felices a nuestros seres queridos y evitarles malestar, disgusto o dolor.

El problema viene con el enfoque, en este caso reflejado por la palabra «siempre». No es posible hacer siempre felices a los demás. No es posible evitarles el dolor con el que, por suerte o por desgracia, todos nos topamos en algún momento de nuestra existencia. O, al menos, no es posible evitárselo siempre.

Me he dado cuenta de que esto es una fuente de gran frustración para mí. Y uno de los pilares más fuertes de mi TOC. Mi concepto de lo que supone ser una buena persona. Pues a veces, para agradar a los demás y así alcanzar mis estándares de «buena persona», siento que tengo que traicionarme a mí mismo. En mi día a día, no haciendo cosas que realmente deseo, no diciendo lo que realmente siento o haciendo algo que realmente no me apetece hacer. Y en la intimidad de mi TOC, cediendo una y otra vez a mis compulsiones para no sentir la insoportable ansiedad y culpa resultantes de esas creencias.

Esto me ha llevado a investigar sobre qué supone ser una buena persona en realidad. Si pienso en buenas personas «míticas», como la Madre Teresa o Gandhi, me doy cuenta ahora de que para ser quienes fueron y hacer lo que creían que debían hacer, desagradaron y confrontaron a mucha gente. Se escucharon a sí mismos y fueron lo suficientemente valientes como para obrar en consecuencia.

Cuando pienso en gente que considero buenas personas en mi vida, me doy cuenta ahora de que no son perfectas, no agradan constantemente a los demás ni dicen siempre la palabra correcta.

En definitiva, son humanas. Y no por ello dejan de ser «buenas personas».

En mi investigación sobre lo que supone ser una «buena persona» me topé con una definición en la web (cuya autoría desconozco) que me pareció acertadísima y que quiero compartir con todos vosotros: «Si uno tiene el coraje de ser quien es, con sus virtudes y defectos; si uno se decide a ser honesto con sus deseos más profundos, vivirlos y defenderlos, entendiendo que uno es uno más en un mundo lleno de gente; si uno tiene la humildad de decir "no lo sé" cuando no sabe, entendiendo que nadie nace sabiéndolo todo y que hay mucho por aprender, eso es ser bueno (al menos con uno mismo)».

Y yo estoy seguro de que eso es ser bueno también con los demás. Al menos, eso creo.

P.D.: como regalito a mis seguidores, os invito a que veáis un maravilloso vídeo. Id a YouTube y escribid en la barra de búsqueda «the Kindness Boomerang-One day». Tiene que ver con mi entrada de hoy. Y espero que, como mínimo, os saque una sonrisa.

Publicado por Adrián a las 03:57. No hay comentarios: ✉ ✎

27

SE ABRIÓ LA puerta del chalé de Julia y apareció Anna arrastrando una pesada maleta. Julia salió del despacho.

—¿Qué haces aquí? —preguntó, extrañada.

—Yo también me alegro de verte, mamá... —dijo irónica Anna—. Se me ha roto una rueda —añadió mientras tiraba de la maleta hacia dentro y cerraba por fin la puerta.

Julia se acercó. Sentía ganas de darle un beso a su hija, pero no sabía cómo hacerlo.

—Pensé que estabas fuera, cariño.

Anna entró en la casa quitándose el abrigo.

—No me llames cariño, mamá. Sabes que no lo soporto —le reprochó Anna a su madre—. El congreso era tan aburrido... Norman dio una ponencia. Fue realmente lo único interesante. Así que después me fui a Roma. No toleraba estar rodeada de cientos de psicólogos durante tantos días seguidos... —le explicó mientras se dejaba caer en uno de los acolchados sofás del salón.

—Lo dices como si tú fueras astronauta —añadió Julia con guasa.

—Roma es tan bella... Deberías ir —dijo Anna hundiéndose cada vez más entre los cojines.

—¿Qué haces aquí, Anna? —preguntó Julia con el ánimo de escuchar una respuesta sincera.

—Pensé que podíamos salir a comer y me cuentas cómo fue la presentación. Creo que solo dejé en casa medio limón en el frigo... —dijo Anna riéndose.

—No quiero salir —susurró Julia.

—Mamá, apenas sales. No puedes seguir así.

—Tengo que revisar unos papeles y estoy escribiendo... —se trató de justificar Julia.

—Vamos, mamá, me apetece mucho que me cuentes... —dijo Anna cariñosamente.

—¡No quiero salir! —exclamó, nerviosa, Julia.

Se creó un silencio tenso. Anna no se atrevió a hablar. Julia quería pedirle disculpas, decirle que la quería, pero había perdido la práctica y no habría sabido por dónde empezar. De repente, sonó el timbre. Ninguna de las dos se movió.

—¿No vas a abrir? —le preguntó Anna, manteniendo una mirada desafiante frente a su madre.

El timbre volvió a sonar con insistencia. Julia sabía perfectamente que quien esperaba tras la puerta era Adrián. Por fin, se dirigió a la entrada y abrió.

—Hola —la saludó él con una sonrisa más relajada que de costumbre—. Hoy llego justo en punto.

Julia asintió y lo dejó entrar. Anna miró al chico sin entender.

—Pero ¿has vuelto a...?

—Adrián, pasa al despacho. Enseguida voy —le indicó Julia.

Él miró a Anna, que lo observaba de arriba abajo, y se dirigió adentro.

—Si no te importa, Adrián y yo tenemos trabajo que hacer —le informó Julia con manifiesta frialdad.

—Mamá, estás jubilada. No deberías estar...

—Sé perfectamente qué edad tengo. Pero eso no quiere decir que tenga que quedarme sin hacer nada, como si fuera un mueble que ya no sirve.

—Yo no he dicho eso... En fin... —comentó Anna, dolida, mientras se acercaba a por su maleta.

Anna tiró de ella, pero la maleta no se movió y entonces se acordó de la rueda rota. Arrastró torpemente el bulto hasta la puerta como pudo, tratando de mantener su dignidad intacta.

Cuando estaba a punto de cruzar el umbral de la puerta, se dio media vuelta y miró a Julia.

—Te he echado de menos, mamá —le dijo con una mirada triste antes de cerrar tras ella.

28

JULIA ENTRÓ EN el despacho y se sentó en su butaca. Adrián estaba de pie apoyado en la pared.

—¿Cómo estás? —preguntó ella.

Adrián asintió dando a entender que estaba bien.

—Cuéntame, ¿qué relación tienes con tu familia?

—¿Mi familia? Viven en el pueblo, no los veo mucho.

Julia le mantenía la mirada, en silencio, esperando que él se explicase.

—Ellos me llaman —continuó Adrián mientras miraba las fotos y los retratos colgados en la pared—. Insisten en que vaya a verlos y eso. Pero yo... no puedo. Supongo que es más fácil ser el hijo perfecto estando lejos. ¿Este... es su padre? —preguntó señalando una fotografía antigua en blanco y negro de un hombre con larga barba blanca y gafas redondas.

—Aunque no lo creas, no soy tan mayor —dijo con sentido del humor.

—¿Qué? Ah, perdone...

—Es Ramón y Cajal —le dijo Julia.

—¿Como el hospital? —preguntó Adrián con la inocencia de un niño.

—Sí —se rió Julia—. Es el padre de la neurociencia moderna —le explicó—. Y ¿los echas de menos?

—Claro que los echo de menos. Pero cuando estoy cerca de la gente que quiero, me pongo peor. Y no soporto que me vean así —le aclaró él.

—¿Así? ¿Cómo?

—Repitiendo frases, lavándome a todas horas, preocupado por todo... No lo soporto. Es un poco triste, ¿sabe? Porque supongo que eso me condena a estar solo.

—Quizás. —Y después de hacer una pausa dijo rotunda—: Hasta que lo superes.

—Usted sabe que muchos psicólogos creen que esto es de por vida, ¿verdad?

—Lo único importante es lo que tú crees.

Adrián asintió muy serio.

—Y deja de llamarme de usted —le solicitó Julia—. Me haces parecer mayor.

Él se rió.

—¿Podemos volver a intentarlo? —consultó Adrián.

—¿Qué?

—Lo de cerrar los ojos y observar mis...

—¿Meditar? —preguntó ella.

Adrián se lo confirmó con un tímido movimiento de cabeza. Julia se levantó satisfecha, y ambos se sentaron sobre la alfombra. Cerraron los ojos y meditaron durante veinte minutos.

En esos minutos, por primera vez en toda su vida, Adrián sintió algo muy parecido a la paz.

29

ADRIÁN ESTABA TRABAJANDO muy duro en el restaurante. Estaba casi lleno, excepto por el área de Adrián, en la planta de abajo, que estaba aún por ocuparse, por lo que le tocó hacer de *runner*, que era como se denominaba al que esperaba en cocina a que salieran los platos de una mesa y los hacía llegar a su destino lo más rápido posible. Era un trabajo verdaderamente agotador, pero él había descubierto un placer infinito en realizarlo. Era como si su mente se sosegase mientras su cuerpo corría sin cesar de un lado a otro. De algún modo extraño, le parecía semejante a meditar.

Mientras depositaba los platos de *pizza* en una mesa, echó una mirada a la puerta, en la que se estaba agolpando gente para entrar. Román había ido a recibir a los clientes, y fue entonces cuando Adrián fijó la mirada y se dio cuenta de que se trataba de gran parte del elenco de *Hamlet*. Estaban Gustavo, Jaime, algunos actores más y, por supuesto, Sonia. Adrián se marchó deprisa al *office* de la planta de abajo y desde allí, a través del cristal de la puerta, vio cómo Román bajaba seguido del grupo y los acomodaba en una de las pocas mesas vacías que quedaban en el restaurante, justo en su sección.

Adrián se apoyó en la pared y respiró profundamente tratando de relajar su ansiedad, que, repentinamente, había escalado muchas posiciones. Estela entró con una bandeja y enseguida reparó en el rostro del chico.

—Adri, ¿qué te ocurre? —le preguntó, preocupada.

—Han venido —le contestó él crípticamente.

—¿Quiénes han venido? ¿Los extraterrestres? —inquirió Estela, divertida. Pero al ver que su chiste no despertaba la complicidad de Adrián y que él seguía sin hablar, continuó su pesquisa—. Adri, no me asustes. Contesta, ¿quién ha venido?

—Mesa nueve.

Estela miró a través del cristal de la puerta y al ver al grupo enseguida dedujo quiénes eran. En pocos días, Adrián había desarrollado cierta confianza con ella y ya le había contado toda la historia.

—¿Son tu exnovia y el bastardo que...?

Adrián la miró y dijo que sí con la cabeza. Estela decidió en un segundo.

—No te preocupes. Yo los atiendo. Tú quédate aquí haciendo los cafés.

—No —dijo él con firmeza—. Están en mi área. Tengo que atenderlos yo.

—¿Estás seguro? —preguntó Estela.

Adrián confirmó que sí con una contenida mirada.

—Okey —continuó ella—. Sal cuando estés listo. Pero hazme un favor: no permitas que te hagan creer que tienes razones para bajar la cabeza, ¿okey? Voy a tomarles nota de las bebidas —dijo antes de salir a la sala.

En la mesa nueve, Jaime contaba una anécdota. Todos lo escuchaban atentos, y él hablaba y hablaba encantado con el sonido de su propia voz.

—...Y entonces un hombre del público se levanta en medio de la función y dice: «Pero ¿quieren coger el móvil de una puta vez?».

Todos, a excepción de Sonia, explotaron a reír de una forma desproporcionada con la poca gracia de la historia.

—Es que es muy fuerte lo de los móviles —dijo Inés, una de las actrices, mientras se carcajeaba.

Jaime se rió de manera engolada, con cierta presunción, y le dio a Sonia un beso en los labios. El camarero llegó para tomarles nota. Cuando se dignaron mirarlo para hacer su pedido, se dieron cuenta de que era Adrián. Se hizo un tenso silencio. Sonia intentó disimular su incomodidad ante la situación. Y Adrián trató de encubrir lo que todo aquello le hacía sentir.

—Adri... Qué sorpresa... —lo saludó ella—. ¿Trabajas aquí?

—Vaya, Adri. ¿Qué tal te va? —le preguntó Gustavo antes de que Adrián pudiera contestarle a Sonia.

—Bien, bien, con mucho trabajo —respondió él con una tímida sonrisa intentando aparentar seguridad y que todo aquello le importaba un pimiento, antes de ponerse a repartir las bebidas—. Tu vino blanco —dijo, dejando la copa al lado del cubierto de Sonia.

Ella lo miró y entre ellos se creó una triste complicidad. Eran muchas las ocasiones en las que habían compartido una cena o un aperitivo y ella siempre había pedido lo mismo: un vino blanco muy seco.

—Y las cervezas —dijo repartiéndolas.

Mientras lo hacía, Rubén, otro de los actores sentados a la mesa, les comentó a los demás: «¿Os habéis enterado de que Ben Maslow viene a hacer un *casting* a Madrid?», tras lo cual tomó su botella de cerveza de la mano de Adrián como si no lo conociera de nada y le dio un largo sorbo.

—Pero he oído que tenéis que tener «repre» para conseguir la prueba, ¿no? —añadió Gustavo agarrando la suya.

—Con eso no basta —añadió Inés.

Adrián no pudo evitar prestar atención a la conversación al mismo tiempo que iba dejando jarras frías al lado de cada botella de cerveza.

—¿Qué más hace falta? —preguntó Rubén.

—Parece ser que han enviado el material de tantos actores que lo han restringido a un actor o actriz por «repre» —explicó Inés.

—Vamos, que o convences a tu «repre» para que te elija a ti u... olvídate —dijo Gustavo.

—Mi «repre» me va a enviar a hacer la prueba el día... —fanfarroneó Jaime mientras sacaba su móvil de última generación y echaba un vistazo en la agenda. Justo cuando iba a continuar hablando, levantó la mirada y se percató de que Adrián acababa de repartir todas las bebidas y jarras para las cervezas y estaba atento a todo lo que decían—. Pero ¿no nos tomas nota de la comida, Adri? —le preguntó, ladino—. A ver si te van a echar...

Adrián se sintió «cazado» y se puso extremadamente nervioso.

—Sí, sí, claro. Os tomo nota ahora mismo. Os tomo... os tomo... —Como muchas veces, Adrián se quedó «enganchado» con una frase. Entonces comenzó a toser para encubrir su compulsión—. Os tomo nota ahora mismo —repitió por última vez.

Sonia, sensible a la situación, le susurró: «Podemos llamar a otro camarero».

—No. Esta es mi área —le contestó él, tratando de aparentar cierta indiferencia—. Decidme.

Todos guardaron silencio. En realidad, nadie se atrevía a hablar. Salvo Jaime, que miró la carta con trivialidad y arrancó con cierta malicia.

—Pues yo quiero una ensalada siciliana y unos espaguetis al pesto de segundo.

Adrián tomó nota, fastidiado, pero profesional.

—Ah, Adrián... y quiero la pasta bien al dente —añadió Jaime.

En el *office*, Adrián abrió el montacargas. Sacó los platos de comida provenientes de la cocina, entre ellos, el plato de espaguetis de Jaime. De repente, apareció Joana con una enorme jarra de metal llena de leche. Se puso a calentarla con el grifo de vapor en la cafetera, junto al montacargas, y miró a Adrián.

—Tienes visita, ¿no? —le comentó con sarcasmo.

Adrián miraba el plato de espaguetis tratando de encontrar respuesta a la gran incógnita que lo abrumaba.

—¿Tú crees que están bien al dente? Jaime me ha dicho que los quiere bien al dente.

—¿El huevón que te ha levantado la novia y el curro? —le preguntó Joana, enérgica.

Adrián se mantuvo callado. Era obvio que Estela se había ido de la lengua.

—¿Sabes la mejor manera de saber si la pasta está bien al dente? —le preguntó Joana, divertida.

Él negó con la cabeza. Joana dejó la jarra de metal con el vaporizador dentro calentando la leche y se acercó a los platos. Tomó un espagueti con los dedos y lo tiró contra la pared. El hilo de pasta se quedó pegado a los azulejos.

—Parece perfecto —le dijo a Adrián—. A ver los demás.

A él le pareció un curioso método para averiguar el grado de cocción de la pasta, pero sin duda aceptable. No así lo que siguió. Ante la mirada atónita de Adrián, Joana agarró todos los espaguetis con una sola mano y los lanzó contra la blanca cerámica de la pared. Obviamente, acabaron en el suelo del *office*, que no estaba precisamente limpio como un espejo. Adrián se quedó petrificado, muy tenso, sin saber cómo reaccionar.

—Pues sí. Parece que están bastante bien —dijo ella con notoria indolencia.

Joana recogió los espaguetis del suelo y los vertió en el plato de nuevo.

—Pero ¿qué...? —acertó a preguntar, incrédulo, Adrián.

—Tranquilo, españolito. Ahora es cuando añadimos... ¿con qué salsa van?

—Pesto, pesto. Van con pesto —respondió él, angustiado por la situación.

Joana echó el pesto caliente sobre los espaguetis y lo mezcló todo con esmero mientras tarareaba «*Nossa, nossa assim você me mata... Ai, se eu te pego, ai, ai, se eu te pego...*».

—Perfecto, ¿ves? —le dijo a Adrián mostrándole el «perfecto» resultado final, apreciando que él se había quedado paralizado en un rincón y estaba realmente pálido—. ¡Eh, estás blanco! ¿Estás bien? No te preocupes, desde que trabajas aquí, este suelo está tan limpio que se podría comer en él.

—Yo no puedo servir esto —dijo Adrián muy firme.

—¿Pensabas que se lo ibas a servir? Claro que no, españolito.

Joana puso todos los platos sobre una bandeja con una pasmosa rapidez y tomó el plato de espaguetis con la otra mano. De pronto, se empezó a oír el molesto silbido del vaporizador que indicaba que la leche ya estaba caliente.

—Esto lo sirvo yo —dijo ella con determinación.

—¡No!

Joana, muy tranquila, le hizo un gesto a Adrián con la cabeza para que se diera la vuelta. La leche estaba burbujeando y se desbordaba de la jarra salpicándolo todo mientras el pitido se hacía cada vez más insoportable. Adrián se aproximó a toda prisa a la cafetera.

—Creo que la leche ya está caliente —le dijo Joana desde la puerta como si la cosa no fuera con ella—. ¿Me haces el favor?

—No puedes servir eso, Joana —le rogó Adrián mientras apagaba la cafetera y se apresuraba a coger un trapo para poder retirar la jarra de metal del grifo de vapor.

—Llámalo karma —le dijo ella, resuelta, antes de salir.

—Pero...

Joana depositó el plato de espaguetis en la bandeja y se llevó el dedo índice a los labios elegantemente, sugiriendo a Adrián que se callara y se rindiera de una vez porque esa batalla la tenía más que perdida. Él miró el desastre que había ocasionado la jarra de metal, con salpicaduras de leche en la pared incluidas, y, cuando quiso darse cuenta, Joana ya marchaba ufana hacia el salón.

—«Laertes, solo estás jugando. Laertes, solo estás jugando. Laertes, solo... Laertes, solo...» —imitaba Jaime a Adrián mientras con las manos reproducía el movimiento de un disco que iba adelante y atrás una y otra vez, antes de estallar a reír—. Está tocado —añadió, señalándose la sien con el dedo índice—. Pero la verdad es que nos hizo pasar un buen rato.

—Déjalo ya —lo reprobó Sonia—. Podrías cortarte un poco. Estás hablando de mi exnovio.

—Supongo que eso no dice mucho a tu favor —le contestó Jaime.

Sonia se cabreó. Jaime se rió de nuevo antes de pedirle disculpas.

—Era una broma, tonta.

—Eres un capullo —lo insultó ella, disgustada.

Joana llegó con los platos, muy sonriente.

—Buenas noches. Disculpen, ¿ñoqui?

Sonia levantó la mano, educada, y Joana le sirvió su plato con premura.

—¿*Tagliatelle*?

—Para mí —contestó Gustavo.

—Aquí tiene —dijo Joana, depositando el plato frente a él.

Adrián se asomó por el cristal de la puerta. No podía creer que estuviera permitiendo aquello.

—Y estos espaguetis al pesto tan ricos ¿para quién son? —preguntó Joana exagerando su papel de camarera simpática más de la cuenta.

—Para mí —dijo Jaime muy serio.

Joana le sirvió su plato, y él escudriñó los espaguetis bañados en su salsa verdosa con cierto recelo.

—¿Están bien al dente? —preguntó, desconfiado.

—Se lo puedo asegurar —contestó Joana con una sonrisa.

Jaime contemplaba su plato con hambre, y estaba a punto de enrollar el tenedor cuando Adrián se acercó inesperadamente a la mesa tratando de improvisar un plan que le permitiera llevarse la pasta que, minutos antes, había saboreado el suelo del *office*. Joana lo miró sorprendida, rogando internamente que no hiciera ninguna tontería, pero Adrián estaba decidido a hacer lo que fuera —aunque lo dejara en una mala posición frente a la compañía de teatro y, peor aún, frente a Sonia— para impedir que Jaime se comiera «eso». Sin embargo, en cuanto Jaime lo vio llegar, se dirigió a él con una aparente simpatía que encerraba una sucia intención de denigrarlo ante su ex.

—Adri, ¿nos traes más cervezas? —le pidió, levantando el tenedor que cargaba una maraña de espaguetis bañados en pesto.

Aquello fue la gota que colmó el vaso por fin, y Adrián pensó: «Qué demonios...».

—No te puedes comer esos espaguetis... —le advirtió a Jaime con aparente apuro.

Este se quedó con el tenedor en el aire, expectante. Joana tembló por un segundo, pero Adrián ya había tomado su decisión.

—Sin el parmesano rallado. —Y se acercó a la despensa a coger el cuenco de queso, que le ofreció, cumplido, a Jaime—. Están mucho mejor con el parmesano por encima.

Jaime se sirvió parmesano jactancioso, cargó de nuevo el tenedor y se lo metió rápidamente en la boca. Saboreó la pasta un instante y se la tragó casi sin masticar. Adrián cogió las botellas vacías y se marchó a por más cervezas con la conciencia muy tranquila y una sensación de pequeña victoria que lo reconfortaba.

Unos instantes después, Joana terminó de servir los platos y comprobó que todo estaba bien en la mesa y que nadie necesitaba nada más. Entonces, se giró hacia el *office*. Adrián estaba mirándola a través del cristal de la puerta y ella le guiñó un ojo con complicidad.

Ese día se hicieron amigos.

30

DIARIO DE UN TOC

LA ENFERMEDAD DE LA QUE NADIE HABLA

«Intenta no volverte un hombre de éxito, sino volverte un hombre de valor.»

ALBERT EINSTEIN

La enfermedad de la que nadie habla no es una enfermedad.

Como ya sabéis, padezco trastorno obsesivo-compulsivo. Un trastorno que sufre más de un millón de español@s, cuyos síntomas pueden presentarse a cualquier edad y producir una importante discapacidad hasta el punto de que la OMS lo incluye entre las siete enfermedades psiquiátricas más discapacitantes.

Llegados a este punto, me pregunto... ¿por qué casi nadie habla de un trastorno que afecta directamente a más de un millón de personas, entre las que me incluyo, en nuestro país?

Si se hablase más de ello, seríamos conscientes de que el trastorno obsesivo-compulsivo no es una enfermedad. Y que, precisamente por no serlo, no se cura. Si se hablase más de ello, seríamos conscientes de que, sin embargo, con el tratamiento adecuado, las tasas de mejoría clínica significativa se encuentran en torno al 80 %. Si se hablase más de ello, seríamos conscientes de que con las herramientas apropiadas es posible alcanzar la libertad que buscamos.

El exfutbolista inglés David Beckham declaró hace años en una entrevista que «se siente preso» a causa del TOC que padece, con especial obsesión por el orden, la limpieza y la simetría. No es que piense que las personas «famosas» deberían hacer público algo que pertenece a la esfera privada, pero qué duda cabe de que en estos casos, como en el *outing* de las celebridades homosexuales, una acción valiente como esta puede ayudar notablemente a normalizar algo que es percibido por gran parte de la sociedad como escandaloso, extraño o enfermizo.

El prestigioso programa *20/20* de la ABC News de Estados Unidos dedicó un episodio a este tema hace años creando un claro impacto social. Muchos sufridores de TOC estadounidenses que nunca habían hablado de su problema con nadie se sintieron aliviados al poder poner nombre a lo que les había estado atormentando durante años y se decidieron por fin a pedir ayuda profesional, algo especialmente relevante sobre todo si tenemos en cuenta que, en España, por ejemplo, un individuo con TOC espera de media más de siete años antes de decidirse a hacerlo.

La considerada por muchos psiquiatras e investigadores actuales una «enfermedad» mental fascinante, es concebida por gran parte de la sociedad como una ristra de excentricidades y rarezas voluntarias. Por ende, los propios «tocados» —como sabéis que a veces nos solemos llamar entre nosotros en los foros de internet— la vivimos a menudo, yo mismo la he experimentado en el pasado como tal muchas veces, como algo de lo que avergonzarnos.

Sin embargo, el trastorno obsesivo-compulsivo ha cosechado gran atención e interés por diversos profesionales de la medicina, especialmente en los últimos años.

No se conocen con absoluta seguridad las causas del TOC, aunque hay numerosas teorías al respecto que abarcan: factores genéticos, inmunológicos, neuroanatómicos y neuroquímicos. Pero consideraciones unánimes afirman que en nuestro cerebro se crean un tipo de conexiones neuronales que son, en cierta medida, responsables de la perpetuación del trastorno. Basándome en este punto, creo que existe la posibilidad de que, independientemente de la medicación que se tome o la terapia con la que se trabaje, no se produzcan cambios sustanciales en la persona y en su conducta a menos que se modifiquen estas conexiones cerebrales.

Aquí viene la buena nueva: Hace unos años, el doctor Jeffrey Schwartz, neuropsiquiatra de la Universidad de California y uno de los más reputados especialistas en TOC de todo el mundo, realizó un experimento con personas que padecían TOC en el que pretendía comprobar el potencial terapéutico de la meditación y su capacidad para lograr lo que él mismo define como «neuroplasticidad autodirigida», que no es sino la habilidad para volver a activar las conexiones neuronales de nuestro cerebro de forma correcta.

Según un interesantísimo artículo de *tendencias21.net* escrito por Ángela Boto, Schwartz «enseñó a sus pacientes a separarse de su enfermedad siguiendo la idea de lo que se conoce como meditación consciente, es decir, observar lo que ocurre en el interior sin juzgar; [les enseñó] a observar sus síntomas con la parte más lúcida de ellos mismos reconociendo que solo eran manifestaciones de su trastorno».

Como la propia periodista titula su inspirador artículo, «Querer es poder». Tenemos nuevas técnicas y caminos a nuestro alcance. El cambio es posible. Pero el primer paso para cambiar es la aceptación. Aceptación individual. Aceptación social.

Y en este punto me pregunto... ¿cuándo vamos a romper el estigma del TOC en España?

Publicado por Adrián a las 07:19. No hay comentarios: ✉ ✏

31

GUILLERMO ESTABA AL teléfono ciertamente ocupado. Su ayudante, Carmen, golpeó la puerta con los nudillos y la abrió sin esperar respuesta. Vocalizó con los labios el nombre de Adrián sin emitir ningún sonido, y Guillermo le hizo un gesto para que lo hiciera pasar. Adrián entró en el despacho y, mientras Carmen se marchaba, se fijó en sus medias de color rosa chicle.

—Sí, lo miraré —decía Guillermo al teléfono—. Que sí. —E hizo un gesto a Adrián para que esperara—. Te digo que lo voy a mirar, ¿vale? Tengo a treinta actores en la carpeta. Necesito pensarlo, ¿de acuerdo? Venga, adiós, adiós.

Guillermo colgó malhumorado.

—Ahora todos quieren que los mande al *casting* del canadiense de los cojones —le espetó a Adrián.

—¿Maslow? —preguntó él con temor.

Su representante asintió.

—Pero yo te lo pedí antes, Guillermo —le recordó Adrián—. Es muy importante para...

—Sabes que solamente puedo elegir a uno, ¿no? —dijo el representante, muy consciente de su poder.

—Sí, pero...

—No te preocupes —se levantó tranquilamente de su asiento como echándolo ya de su despacho—. Dalo por hecho. Te lo confirmo en unos días. Pero dalo por hecho.

—¿De verdad? —preguntó Adrián, incapaz de creerlo.

Guillermo se lo ratificó con una mirada. Adrián, muy contento, se abalanzó hacia él para darle un abrazo.

—Gracias. Muchísimas gracias, Guillermo.

—No hay de qué, hombre —dijo él con media sonrisa—. Ya sabes lo que pienso de ti.

Adrián, muy contento por tener la palabra de Guillermo sobre la prueba con Maslow, se dirigió a la puerta. Pero justo cuando puso la mano sobre el picaporte, recordó que había otro asunto de suma importancia que hablar con su representante. Dudó un momento y finalmente se dio la vuelta.

—Venía por otra cosa, Guillermo —comenzó, consciente de que el tema que iba a tratar era difícil—. Necesito cobrar lo que me deben del año pasado.

En efecto, a Adrián le debían una gran cantidad de dinero desde hacía once meses de un espectáculo musical que no tuvo el éxito esperado, por lo que se canceló antes de tiempo y se retrasaron los pagos.

—Ya hemos esperado demasiado —continuó—. Realmente lo necesito. He tenido que volver a servir cenas y...

Guillermo sacó un fichero y buscó entre los archivos.

—Vamos a ver... —dijo mientras pasaba documentos—. Aquí está. Supongo que te refieres a los cuatro mil que quedaron pendientes de ese musical que...

—Esos cuatro mil que me deben desde hace un año, sí. Cuatro mil menos tu porcentaje, claro.

—Llevo intentándolo todo este tiempo y siguen dándome largas —le aclaró el representante con cierta frialdad—. Y, francamente, tengo mucho lío ahora. Te propongo una cosa, Adri: consigue tú el dinero y es tuyo. Los cuatro mil limpios —le dijo, deseoso de quitarse el muerto de encima.

—Pero...

El teléfono de Guillermo empezó a sonar.

—Es lo único que puedo ofrecerte ahora —dijo antes de descolgar la llamada—. ¿Sí? Sí, ahora mismo estoy contigo.

Guillermo sacó una tarjeta del archivo del fichero y se la pasó a Adrián.

—Esta es la dirección de la productora. Pásate por ahí y a ver qué te dicen.

Adrián tomó la tarjeta, pero no estaba convencido en absoluto del asunto. Él pensaba que si había realizado un trabajo era deber de Guillermo hacer lo que hiciera falta para cobrarlo, porque esa era la labor de su representante. Adrián se quedó inmóvil sin decir nada, y Guillermo se apresuró a indicarle que se marchara con una de sus frías sonrisas.

—En unos días te confirmo lo del *casting* con Maslow, ¿vale?

En cuanto Guillermo mencionó a Maslow, Adrián asintió conforme y se marchó. No quería arriesgarse a perder la oportunidad de que Guillermo lo eligiera para hacer la prueba. «Por otro lado —pensaba mientras salía—, la tarifa de Guillermo es del veinte por ciento. Si logro que me paguen, conseguiré ochocientos euros con los que no contaba.»

Esta fue la fórmula que Adrián tuvo que repetirse hasta la saciedad para autoengañarse, pues su intuición le gritaba muy fuerte que aceptar ese trato era un gran error.

32

ADRIÁN ESTABA SENTADO en un sillón del despacho de Julia con los ojos cerrados. Ella se encontraba sentada en una butaca frente a él. La luz de la mañana pasaba a través del cristal acariciando gentilmente el rostro de Adrián. Pero él estaba lejos. Muy lejos.

—¿Dónde estás? —preguntó Julia en un susurro.

—Estoy a punto de cruzar el paso de cebra —describió Adrián con los ojos cerrados—. Pero las rayas blancas... no las veo. Se ven borrosas. No puedo cruzar pisando el asfalto. No puedo. Si lo hago, va a pasar algo horrible...

Sus ojos se revolvían tras sus párpados y sus manos, extremadamente rígidas, se agarraron entumecidas a sus vaqueros.

—Bien, voy a pedirte que respires hondo e intentes

hacerlo —le solicitó Julia—. Enfréntate a la incertidumbre.

Adrián respiraba agitadamente. Estaba sufriendo. De repente, abrió los ojos y tomó una bocanada de aire por la boca, ávido de oxígeno, como si acabara de salir del mar después de estar aguantando la respiración bajo el agua durante largos segundos.

—No puedo —musitó Adrián, recobrando el aliento.

—Sí. Sí puedes —replicó la terapeuta.

El chico se levantó del sillón enfadado, aún recuperando la respiración.

—¿Sabe? —comenzó diciendo, mirándola directamente a los ojos—, usted quizá sea la mayor experta en TOC de este país. O de Estados Unidos. O del mundo entero. Pero en realidad no puede hacerse una idea de cómo me siento. De lo frustrante que es enfrentarse cada día a algo que sabes que no tiene sentido y, aun así, caer en ello una y otra vez. De lo solo que me siento cada día. Del miedo que tengo cada día... Todos los días —expuso Adrián entre la irritación y la emoción, dejando su vulnerabilidad completamente expuesta.

—No, no puedo saberlo —dijo Julia con humildad—. Pero sí sé algo: mirar tu miedo a la cara. Esa es la única salida. Enfrentarte a lo que más temes. Porque te aseguro una cosa: tú temes enfrentarte a un dragón. Y si te atreves a acercarte lo suficiente, te darás cuenta de que es de trapo.

Esas palabras calaron hondo en Adrián y lo ayudaron a calmarse. Su mirada voló hacia la pared y se clavó en uno de los cuadros allí colgados. Una tela que ilustraba la escena mitológica en la que Teseo, ayudado por Ariadna, estaba a punto de introducirse en el laberinto para derrotar al legendario minotauro de Creta.

—Como él, ¿no? —le preguntó a Julia con una sonrisa prácticamente imperceptible.

Ella no entendía.

—Es un guerrero, ¿no? —insistió Adrián.

—Es Teseo —contestó Julia, claramente incómoda.

—¿Teseo? —preguntó él con extrañeza.

—Sí. Teseo a punto de entrar en el laberinto.

A Adrián eso le sonaba a chino.

—¿No conoces la historia? —le preguntó Julia.

Adrián negó con la cabeza y volvió el rostro a la pintura. A Julia no le quedaba otra que contársela, un poco a su pesar.

—Un monstruo mitad hombre, mitad toro aterraba a la ciudad de Creta —comenzó relatando—. Como nadie podía vencerlo, construyeron a su alrededor un laberinto del que era casi imposible salir. Pero cada nueve años tenían que ofrecerle siete doncellas y siete muchachos como sacrificio. Hasta que Teseo llegó a Creta decidido a liberar a la ciudad de la maldición. Pero no podía hacerlo solo. Sin ayuda...

—Se perdería en el laberinto, ¿no? —la interrumpió Adrián, muy intrigado por la historia.

—Eso es —sonrió Julia—. Así que la princesa de Creta, Ariadna, le dio la punta de un ovillo, que ella sujetaba con las manos a la entrada. Así él podría encontrar el camino de vuelta si conseguía matar al minotauro.

—Y ¿lo consiguió? —preguntó Adrián con mucha curiosidad.

—¿Qué?

—Matarlo. ¿Lo consiguió?

Julia afirmó elegantemente con la cabeza.

—Sí. Y Teseo se convirtió en un héroe y se llevó a la princesa.

—Está bien la historia —sonrió él.

—Después, Teseo se la llevó de viaje y la abandonó en una isla mientras ella dormía, pero eso nunca lo cuentan —agregó ella con gracia.

Adrián se aproximó para admirar el cuadro muy de cerca.

—Me gusta. ¿Lo pintó usted? —le preguntó con los ojos fijos en los brillantes pigmentos del lienzo.

—Mi hijo —respondió Julia sin poder ocultar cierta gravedad en el tono.

—¿Tiene también un hijo?

—No. Lo tenía. Murió.

Adrián miró a Julia avergonzado y se alejó enseguida de la pintura, como si sintiera que le había faltado al respeto de algún modo.

—Perdone, lo siento mucho. Lo siento. —Y tras decir esto, se sentó de nuevo rápidamente sintiéndose fatal.

—Todos tenemos que luchar por dejar el pasado en su lugar, Adrián —le dijo Julia con una calmada melancolía.

Julia, aunque hablaba de la parte más dura de su vida, de la parte que la hacía más humana, seguía siendo su terapeuta y no permitió que la conversación se centrara en ella.

—Como tu compañía de teatro. Tu exnovia. Nuevas puertas se abrirán ahora si dejas de desear los caminos que ya has andado. Hay una cita de Baker que dice: «El mundo es redondo y cualquier lugar que pueda parecer el fin puede ser el principio».

—Tiene citas para todo —sonrió Adrián.

—Nos vemos la semana que viene —le contestó Julia dándole a entender que habían llegado al final de la sesión.

—¿Ya? Vaya, hoy se me ha pasado superrápido —dijo Adrián levantándose.

—Nos vemos el jueves.

—Nos vemos el jueves —se despidió Adrián mientras salía del despacho.

Julia ni siquiera se levantó. Lo miró salir aparentemente impasible y de inmediato sus ojos y sus pensamientos volaron al cuadro de Teseo y Ariadna.

33

ADRIÁN PREPARABA LAS mesas para la cena en la sala interior del restaurante. Pensaba en la última sesión con Julia y en aquella frase de Baker: «El mundo es redondo y cualquier lugar que pueda parecer el fin puede ser el principio».

Estela entró desde la barra y le anunció que tenía una visita. Adrián la miró con extrañeza. Estela se aproximó cautelosa.

—Es... ella —le dijo en voz baja.

—¿Sonia? —preguntó Adrián, estupefacto.

Estela le dijo que sí. Adrián respiró hondo y se dirigió a la otra sala hecho un manojo de nervios. En los diez pasos que lo separaban del umbral de la otra habitación, le dio tiempo a valorar las razones que habrían podido llevar a Sonia a visitarlo. Quizás había abandonado como él la compañía de teatro. Acaso iba a verlo para pedirle disculpas por haberlo dejado. E incluso, por qué no, pudiera ser que el motivo de su visita fuera pedirle una segunda oportunidad.

Adrián llegó a la sala externa del local. Allí, junto a la barra, de pie, lo esperaba Sonia mientras echaba un vistazo a los menús. Llevaba un vestido de florecitas azul celeste y rosado con escote palabra de honor que dejaba sus hombros y su largo cuello al aire. Adrián la encontró más guapa que nunca y sintió cómo se le aceleraba el pulso, pero decidió mostrarse entero ante ella. Al menos, todo lo entero que pudiera.

Sonia levantó la mirada de la carta muy serena, se acercó a él y le dio un largo abrazo. Él se abandonó a ese abrazo un instante, pero después se arrepintió y trató de no dejarse llevar por la emoción. Se separaron, y Adrián la miró a los ojos tratando de ocultar su agitación interior.

—Tenemos ofertas para los buenos clientes —bromeó él en alusión al menú que Sonia estaba ojeando.

—Realmente la comida es buena aquí —dijo Sonia.

—¿No deberías estar en la obra de teatro? —le preguntó Adrián de pronto.

—Hoy es lunes —dijo ella, aclarando que estaba en su día libre.

—Es verdad —reconoció él con secreta decepción.

Se creó un silencio de unos segundos que pareció eterno.

—Siento lo de Jaime del otro día —dijo Sonia rompiendo el breve mutismo—. Ya sabes que a veces puede ser...

—¿Un capullo? —dijo Adrián, cortándola—. Bueno... no es culpa tuya que lo sea. Y ¿venías solo a eso? —preguntó él, esperanzado, aunque tratando de aparentar frialdad ante ella.

—En realidad, no —contestó Sonia.

A Adrián se le iluminó el rostro. Ella sacó de su maxibolso rojo una bolsa de plástico que le ofreció.

—Son las últimas cosas que te quedaban en mi apartamento. Pensé que querrías tenerlas.

Una ola de decepción inundó el corazón de Adrián.

—Gracias —dijo él casi sin poder hablar, tratando de no dejar entrever ni un ápice de su desilusión.

—Es mejor así —se justificó Sonia.

Adrián cogió la bolsa. Ella le dio un beso en la mejilla y se dispuso a marcharse. Él sintió que no volvería a verla jamás, al menos a solas, y quiso alargar el momento todo lo posible.

—¿Sabes? Voy a hacer el *casting* con Maslow —le dijo casi apresuradamente.

—¿En serio? Siempre fue tu sueño trabajar con él.

—Sí —dijo Adrián, fingiendo toda la fortaleza y seguridad que pudo.

—Espero que tengas mucha suerte —le deseó Sonia con absoluta sinceridad antes de marcharse—. Bueno... cuídate, Adri.

Y se marchó. Adrián la observó inmóvil hasta que Sonia salió del restaurante. Miró la bolsa de plástico que tenía en la mano, llena de cosas pequeñas, casi sin importancia. Su cepillo de dientes, su colonia, una camiseta... Se dio cuenta de que ya no había nada que probara que había formado parte alguna vez de la vida de Sonia y sintió que estaba a punto de derrumbarse. Se dio la vuelta cabizbajo para volver al trabajo, y en la puerta que daba a la sala interior su mirada conectó con la de Estela, que estaba allí, inmóvil, observándolo con entregada compasión.

—Cabeza alta... —le dijo en un susurro casi inaudible.

Adrián forzó una sonrisa y levantó la cabeza lo mejor que supo. Después de todo, era actor.

34

ANNA ABRIÓ LA puerta de la casa de Julia.

—¿Mamá? —la llamó desde el umbral, manteniendo la puerta abierta—. ¿Mamá?

Nadie contestó. Anna caviló un momento y a continuación cerró la puerta suavemente y entró en el sencillo y elegante apartamento zen de su madre. Fue directa a la cocina gritando una última vez.

—¿Mamá?

Una vez más no hubo respuesta. Así que Anna se dirigió al despacho, entró sigilosamente, se sentó a la mesa y abrió el archivador con los ficheros de los pacientes. El único que había dentro era el del singular paciente que su madre tenía: Adrián. Sacó su archivo y empezó a inspeccionarlo. Cuanto más leía, menos salía de su asombro. Inesperadamente, Julia entró en el despacho.

—¿Qué estás haciendo aquí? —le preguntó a su hija, disgustada.

Anna decidió comenzar su ataque en ese mismo momento. Cualquier respuesta le habría dado ventaja a su madre.

—Tiene un cuadro idéntico al de Oliver. Por eso estás viendo a ese chico —replicó ella con los papeles en la mano.

—Estoy viendo a ese chico porque sé que puedo ayudarlo. Él es...

Julia se calló de repente.

—Él es el paciente que has estado esperando, ¿no? ¿Ibas a decir eso? —la atacó Anna mientras se ponía de pie—. El que puede corroborar todas tus teorías, ¿no?

—Puedo ayudarlo —insistió Julia, sintiendo por un breve instante la necesidad de justificarse ante su hija.

—Mamá, sabes que esto no es apropiado —le dijo Anna con cierta condescendencia.

—No te preocupes por mí, Anna —le pidió Julia con ánimo de cerrar la conversación de una vez por todas mientras extendía una mano esperando que Anna le devolviera el archivo.

—No me preocupas tú. Me preocupa él —le dijo ella con frialdad mirándola insolentemente a los ojos.

Estas palabras hirieron profundamente a Julia, que bajó la mirada como incapaz de volver a dirigirse directamente a su hija.

—Sal ahora mismo de mi despacho, por favor —le pidió.

Anna no se movió. Sabía el efecto que lo que había dicho había provocado en su madre. Y quería corregirlo de algún modo.

—Mamá... ese chico no es Oliver.

—¡Sal ahora mismo! —le gritó Julia en un ataque de cólera.

Anna dejó los papeles en la mesa y se marchó. Julia se apresuró a guardarlos y se echó a llorar desconsoladamente.

35

ADRIÁN ENTRÓ EN su edificio y abrió el pequeño buzón. Sacó de su interior varias cartas, casi todas de publicidad o facturas ya pagadas, excepto por un sobre del banco. Con el semblante muy serio se dirigió a su piso subiendo los escalones de tres en tres.

Una vez dentro, se acercó a una mesita y sacó del cajón otros tres sobres idénticos a aquel. Abrió el nuevo y comprobó que el contenido era prácticamente el mismo que el de los anteriores: «Aviso Legal. Hipoteca». Salvo por un aspecto: en la carta que había recibido ese día se podía leer en letras bien grandes: «Último Aviso». A Adrián se le subió el corazón a la garganta.

Llovía fuertemente. Adrián tenía en la mano la tarjeta que le había dado Guillermo. La miró una última vez. Parecía haber encontrado el edificio que buscaba. Levantó la vista. Frente a él, imponentes, se erigían las Cuatro Torres de Madrid.

Se dirigió a la Torre de Cristal y entró. Fue directo al ascensor. Piso veintisiete. Salió y buscó la oficina de Yuck Producciones hasta que se encontró ante una puerta con un letrero que rezaba justo así. Respiró hondo y llamó con los nudillos. Nadie contestó. Volvió a llamar. Nada. Entonces advirtió que la puerta estaba entreabierta y se decidió a entrar.

Dentro había una oficina con tres escritorios y tres personas ataviadas con el típico pinganillo de telefonista sentadas frente a sus respectivos ordenadores, atendiendo llamadas a través de sus sofisticados manos libres.

Adrián vio un despacho al fondo. Muy decidido, caminó hacia él. Una señora pija, vestida con un modelito de cóctel azul cobalto y un collar de perlas falsas del tamaño de pelotas de golf, estaba en medio de una llamada con un actor, cuando de pronto se percató de su presencia.

—¡Eh, tú! ¿Adónde vas?

Adrián siguió caminando hacia el gran despacho sin volver la vista atrás.

—¡No puedes entrar ahí! —le gritaba la señora.

Adrián llegó a la puerta del despacho. En el letrero junto a la puerta ponía: «Eugenio Rubio. Productor teatral». Comprobó el nombre con la tarjeta que llevaba en la mano y volvió a respirar hondo. La señora de las perlas se levantó apresuradamente, pero Adrián entró en el despacho y cerró la puerta tras él.

Ya en el interior, observó la estancia. Era de grandes dimensiones y tenía unos ventanales enormes, desde los que se apreciaban unas vistas espectaculares de la ciudad. A la derecha, había un gran terrario con animales exóticos. Al fondo, detrás de su mesa, un hombre calvo de mediana edad apartó la vista de su ordenador blanco de último modelo con cara de muy malas pulgas.

—¿Quién eres?

La señora pija intentó entrar, pero Adrián bloqueó el picaporte haciendo fuerza con las manos, tras lo cual ella comenzó a aporrear la puerta. El señor de detrás del escritorio se levantó.

—¡Señor Rubio! ¡Señor Rubio! ¡Se ha colado! ¡No he podido pararlo! —gritaba ella desde fuera.

—Me llamo Adrián Díaz. Me deben cuatro mil euros desde hace un año. Y no pienso irme de aquí sin mi dinero —dijo Adrián de corrido tratando, sin demasiado éxito, de parecer amenazador.

Finalmente, la señora pija empujó la puerta y consiguió entrar. El señor Rubio, con una media sonrisa un tanto inquietante, le hizo un gesto delicado con la mano derecha.

—Tranquila, Pilu. Ya me encargo yo —dijo casi en un susurro.

Ella acató las órdenes diligente y se marchó cerrando

la puerta. El señor Rubio se dirigió al terrario con una inquebrantable serenidad.

—Explícame. ¿Qué es eso de que te debemos dinero? —preguntó a Adrián mientras daba de comer a una iguana.

Su calma contrastaba con la irritación y la ansiedad crecientes de Adrián.

—Trabajé en una producción suya el año pasado. Estuvo en cartel tres meses y desde entonces estoy esperando mi dinero. Desde entonces estoy esperando mi dinero. Estoy esperando mi dinero.

—Mira... —El señor Rubio metió la mano en el terrario completamente indiferente al estado de Adrián y acarició a su iguana.

—Adrián —le apuntó él.

—Adrián. Como sabes, la situación ahora mismo está muy mal para todos y...

—No parece que vaya muy mal para usted —apostilló él.

En efecto, los tres empleados de fuera trabajaban sin parar y las vistas de Madrid desde aquel despacho simplemente quitaban el aliento, por no hablar de la excéntrica (y cara) decoración del mismo.

—Ahora no tenemos dinero —le dijo, tajante—. Pero si esperas un poco más, estoy seguro de que...

—Van a quitarme la casa —reveló Adrián, incapaz de ocultar su desesperación—. No puedo esperar. No puedo esperar. No puedo esperar.

—Si puedes esperar unos meses, quizá podamos pagarte un poco en un tiempo y el resto tal vez el año que viene —le propuso el productor sin dejar de acariciar al animal—. ¿Por qué no les pides un préstamo a tus amigos?

—¿Por qué no se lo pide usted a su puta madre? —replicó Adrián, saltando como un resorte.

Adrián no podía creer lo que acababa de decir. Asustado por su irreverente osadía y enfadado por la tremenda injusticia, se marchó deprisa dando un sonoro portazo.

El señor Rubio siguió haciendo mimos a su iguana, absolutamente impasible. Para él, lidiar con actores descontentos que le reclamaban sus salarios era el pan de cada día.

36

ADRIÁN, COMPLETAMENTE EMPAPADO, entró en la oficina de Guillermo, donde su secretaria trabajaba detrás de la pantalla del ordenador.

—Hola, Adrián —lo saludó extrañada.

Él no contestó. Se dirigió directamente al despacho de Guillermo.

—Espera, ya le aviso yo de que estás aquí.

Adrián trató de calmarse y se paró justo frente a la puerta del despacho, con la mano en el pomo, mientras la secretaria de Guillermo se levantaba tranquilamente. En ese momento, pudo oír claramente la voz de Guillermo dentro de la habitación.

—Eres mi mejor actor —le decía Guillermo a su interlocutor—. Si tuviera que quedarme solo con uno, sería contigo.

Adrián no podía creerlo. Las mismas palabras que

tantas veces le había repetido su representante perdieron de repente todo el sentido, pues en ese momento vio con absoluta claridad que para Guillermo no eran más que una mera estrategia para crear la confianza necesaria con el fin de alcanzar ciertos acuerdos.

—En cuanto a la audición para Maslow... —continuaba Guillermo dentro de la sala.

Adrián entró airado en el despacho de Guillermo. La secretaria pasó tras él. En el interior, Guillermo charlaba con un atractivo veinteañero.

—¿Qué pasa, Adri? —le preguntó como si tal cosa.

—¿Que qué pasa? ¿Estás de coña? Estabas a punto de darle la audición de Maslow. Me lo habías prometido.

Guillermo, tratando de mantener la situación bajo control, se despidió del joven actor con evidente complicidad.

—Luego hablamos, ¿vale?

Este asintió y se marchó del despacho.

—Creo que será mejor que vuelvas en otro momento, cuando estés más tranquilo —dijo la secretaria, que seguía de pie junto a la puerta, dirigiéndose a Adrián.

—Tú también, Carmen, déjanos solos —le pidió Guillermo.

La secretaria se marchó sumisa y cerró la puerta tras ella. Guillermo le indicó con un gesto a Adrián que se sentara.

—A ver... Yo no te prometí nada.

—No me pagan los cuatro mil euros. No me los van a pagar. Tú lo sabías, ¿no? Van a quitarme el piso

—reveló, desesperado, antes de cambiar el tono—. Nunca te he pedido nada. Lo único que te pido ahora es que me envíes a la audición de Maslow —le rogó.

—Adri: siento mucho por lo que estás pasando. Pero ya le he dado la audición a Iker. Tú no estás en condiciones de presentarte a una audición así.

Adrián se quedó sin palabras, totalmente abatido, con la mirada perdida en el vacío.

—Tal vez podrías pedir un préstamo a tus padres. ¿Me oyes? Quizá podrías pedírselo a...

Él lo miró duramente.

—Hemos terminado —le dijo con mesura.

Adrián se levantó lentamente y salió del despacho.

—¡Eso! Vete a buscar a otro representante —le espetó Guillermo con desprecio—. Y ¡que tengas suerte!

37

ADRIÁN RECORRÍA LOS pasillos del «Abierto 24 horas» mientras marcaba en su móvil el número de sus padres. Su ansiedad lo hizo equivocarse varias veces. Cuando por fin acertó, esperó varios tonos y saltó el contestador. Adrián dudó si dejar un mensaje o no; después de todo, sus padres rara vez escuchaban sus mensajes de voz. Finalmente, optó por decir algo.

—Hola. Nada... supongo que no estáis en casa. ¿Cómo estáis? —le dijo Adrián, vacilante, al aparato—. Os echo de menos. Aquí las cosas van... bien. Os echo de menos. Aquí las co... cosas van bien. ¿Cómo estáis? Os echo de menos. Aquí las cosas... las cosas van...

Evidentemente, las cosas no iban muy bien. Adrián se quedó atascado repitiendo las mismas frases como un disco rayado. El fugaz pensamiento de que quizá sus padres no contestaban porque pudiera haberles ocurrido algo, disparó su ansiedad al máximo y provocó que repitiera y repitiera sin cesar hasta que fue interrumpido por el inoportuno «biiiiip» del contestador.

Adrián pensó en volver a llamar, pero finalmente se guardó el móvil en el bolsillo, agitado, y metió un par de botellas de vino en la cesta. Al hacerlo, descubrió un paquete amarillo de galletas en el suelo. Lo recogió sin pensarlo y se dispuso a ponerlo en la estantería. Pero al ir a hacerlo vio que muchos de los otros paquetes de galletas estaban invertidos.

Estuvo a punto de marcharse, pero se sintió poderosamente impelido a cambiarlos y los colocó todos correctamente en un santiamén. Sintió una sensación de tranquilidad muy satisfactoria. Se dirigió a la caja a pagar. Pero, al darse la vuelta, tomó conciencia de que el desorden era generalizado. Todos los artículos estaban puestos de cualquier manera sobre los estantes. Algunos, por ejemplo, no mostraban la etiqueta frontal, sino la parte de atrás. Se quedó inmóvil observando lo que para él suponía el gran caos que inundaba el largo pasillo y finalmente cedió a sus impulsos. En unos segundos, ya estaba de rodillas colocando todos los artículos del estante de abajo minuciosamente y, veinte minutos más tarde, el pasillo parecía otro completamente diferente: más de la mitad de los productos estaban emplazados de un modo impecable.

Pero Adrián, lejos de estar satisfecho, estaba extremadamente ansioso. Necesitaba acomodar en el estante cada artículo al milímetro y si no quedaba «perfecto» según su criterio, tenía que sacar ese y los productos vecinos y volver a colocarlos todos de nuevo.

—Ya está bien. Ya está bien así. No lo toques más —se decía a sí mismo mientras alineaba por enésima vez un paquete de detergente con el resto de las cajas de la estantería.

Pero no podía parar. Y así persistió concienzudamente en su tarea.

Un dependiente sentado ante la caja registradora con cara de sueño veía un concurso de televisión cuando reparó —a través de la pantalla de una de las cámaras de seguridad— en que un individuo estaba sacando frenéticamente decenas de artículos de las estanterías y dejándolos en el suelo. El cajero se levantó de mala gana y se acercó al pasillo en que Adrián se encontraba. Este se hallaba de rodillas, concentrado en colocarlo todo obsesivamente, casi fuera de sí.

—¿Qué coño estás haciendo? —le preguntó, entre la estupefacción y el enfado.

Adrián lo miró sin saber qué decir.

Después de pagar las botellas de vino y salir avergonzado de la tienda, Adrián llegó a la Gran Vía, casi vacía de transeúntes a causa de la insistente lluvia. Con torpeza, caminaba con las manos ocupadas por sendas botellas de vino de las que bebía indistintamente. Pese al encontronazo con el dependiente del 24 horas, este le había hecho el favor de descorcharle ambas botellas. Las dejó apoyadas sobre el capó de un coche y sacó de su bolsillo un blíster de pastillas del que extrajo varias, que ingirió seguidas de un buen trago de vino. Con ese último sorbo terminó con una de sus botellas. Se quedó mirándola unos segundos y la lanzó con fuerza contra una pared intentando dejar escapar su ira. El propio impulso del lanzamiento le hizo perder el equilibrio y cayó sentado en el bordillo de la acera húmeda y cubierta de infinitos pedacitos de vidrio, eso sí, con la otra botella intacta. Estaba completamente borracho. Se miró las manos mojadas, manchadas de la suciedad de la calle, y entró en pánico.

—Todo está sucio. Todo está sucio. Todo está sucio... —se repetía sin cesar.

Se incorporó con dificultad y se hurgó en los bolsillos buscando exaltado sus pastillas. Al tratar de sacar el blíster de nuevo, su móvil cayó al suelo directo a un charco de agua turbia. Adrián no se atrevió a recuperarlo. Dirigió su atención a las pastillas y comprobó que solo le quedaban dos comprimidos. Se los echó rápidamente a la boca y los empujó con la ayuda de otro largo trago de vino. Pero su sensación de angustia no descendía. Miró en todas direcciones, agobiado, buscando algo que pudiera calmar su insoportable ansiedad. Su mirada voló entonces hacia los tejados de los altos edificios de la Gran Vía. Solo ahí creyó que quizá sería capaz de encontrar el alivio que necesitaba.

Adrián, aparentando seguridad, entró en un hotel de lujo y saludó al conserje de la puerta con fingida familiaridad. Este le deseó «buenas noches» mecánicamente sin casi dirigirle la mirada. Él marchó directo al ascensor. Las puertas se abrieron, y Adrián tropezó al entrar en el elevador. Fue en ese momento cuando el conserje le prestó en realidad atención, vio la botella que llevaba en la mano y se dio cuenta de que no era un cliente.

—¡Espere! ¡Espere! —le gritó mientras se apresuraba a correr hacia él.

Pero ya era tarde: las puertas del ascensor se cerraron y, segundos más tarde, Adrián salía a la azotea tambaleándose mientras daba largos tragos a su botella de vino. Llovía copiosamente. Adrián se acercó con torpeza al mirador y miró abajo, aterrado. El vértigo casi le hizo desmayarse. Dejó la botella sobre el muro y se subió a él con dificultad. Se puso de pie muy lentamente, tratando con esfuerzo de no perder el equilibrio, y miró la ciudad en silencio bajo la lluvia mientras notaba cómo su respiración se alteraba cada vez más. Por un segundo pensó que sería muy fácil acabar con todo ese sufrimiento. Únicamente tenía que dar un paso y dejarse caer al oscuro vacío. Y todo habría acabado. Así de sencillo. Llevó la mirada al cielo como buscando una respuesta y esta le vino en forma de una llovizna suave, un agua fresca y fina que corrió por su cara y pareció susurrarle al oído.

Después de unos instantes en silencio, Adrián comenzó a gritar. Gritó y gritó hasta quedarse vacío.

Hasta que ya no pudo más. Entonces, apareció el conserje en la puerta de la azotea.

—Oiga, ¿qué hace usted ahí? —le preguntó a Adrián, completamente paralizado.

Adrián no se dio la vuelta. Miró la ciudad como entregándose a ella y de repente todo se volvió borroso, como un desordenado baile de luciérnagas en la oscuridad. De repente, perdió el equilibrio y cayó.

38

ADRIÁN ABRIÓ LOS ojos. El exceso de luz pareció cegarlo. Parpadeó varias veces y, poco a poco, lo que lo rodeaba fue haciéndose visible para él. Una ventana, un televisor... y finalmente reconoció que estaba en una habitación de hospital. Giró levemente su rostro y vio a Julia sentada a su lado. Trató de comprender lo que había ocurrido e intentó hablar, pero, al hacerlo, se dio cuenta de lo mucho que le dolía la garganta.

—Te han hecho un lavado de estómago —le dijo Julia incorporándose de su asiento.

—¿Qué hace aquí? —le preguntó él casi sin poder hablar.

—Encontraron mi tarjeta en tu chaqueta y me llamaron. No llevabas cartera ni móvil encima.

—Me duele mucho la cabeza —se quejó Adrián.

—Te golpeaste contra las baldosas de la terraza. Te han puesto siete puntos —le explicó ella.

Adrián se palpó la herida con la mano con cuidado y trató de recordar lo ocurrido.

—Tuviste mucha suerte.

—Yo no quería... Solo quería que pararan... Solo quería que pararan... —insistía él.

—Shh, no hables.

Julia guardó silencio durante más de un minuto. Sabía que Adrián sería dado de alta en pocas horas y, si bien no era el mejor lugar ni el momento más propicio para la conversación ulterior, eran también el lugar y el momento en que ella necesitaba tenerla.

—Verás, Adrián... he estado pensando. Un colega mío es el mejor tratando trastorno obsesivo-compulsivo y...

—Usted es la mejor —afirmó él con rotundidad.

—Solo en teoría.

—¿Qué? —dijo él sin entender, tras lo cual se quejó por el intenso dolor de garganta que sentía al hablar.

—Mantente en silencio —le aconsejó Julia antes de proseguir.

Adrián no comprendía a qué venía todo eso, pero pudo intuir que esa charla acabaría de un modo que no iba a agradarle en absoluto.

—Me hice especialista en TOC cuando dejé de ver a pacientes —le aclaró Julia—. Pero no había vuelto a pasar consulta hasta ahora.

—¿Por qué me cuenta todo esto? —le preguntó Adrián, incapaz de guardar silencio.

—Tu caso me importa demasiado. He decidido pasárselo a mi colega. Él estará encantado de tratarte.

Julia sacó una tarjeta de su bolso y la dejó a los pies de la cama.

—Primero me hace creer que no hay nada malo conmigo y ahora...

—Creo que será mejor que te vea mi colega. De verdad.

—Ahora usted ya no quiere verme más —dijo Adrián, dolido.

—Uno no siempre puede hacer lo que desea. A veces, uno tiene que hacer lo que cree que es lo más correcto —razonó Julia.

Adrián se quedó callado y giró la cabeza hacia la ventana.

—Me han dicho que te darán el alta a lo largo del día. Así que... bueno... cuídate mucho.

—Sí. Y usted —contestó él sin mirarla.

Ella reparó en que Adrián estaba dolido.

—Bueno...

Julia no sabía qué más decir. Era mejor no decir nada más, en realidad. Así que se marchó. Tan pronto como escuchó sus pasos alejarse de la cama, Adrián volvió el rostro para verla marchar. No pudo evitar echarse a llorar.

Adrián fue dado de alta esa misma tarde. Muy taciturno, y con una pequeña venda cubriendo la brecha de su cabeza como recuerdo de la experiencia, recogió sus cosas y salió de la habitación. Fue hacia el ascensor y pulsó el botón para llamarlo. Mientras lo esperaba, cierto alboroto llamó su atención. Siguió el sonido de las voces y, como si se tratara de un oasis en medio de un sofocante desierto, descubrió un aula donde los niños hospitalizados (algunos de ellos enganchados a un gotero) jugaban, coloreaban y hacían manualidades, acompañados por un par de voluntarios. La puerta estaba abierta como invitándolo a pasar y, sin pensarlo, entró como un alma invisible que todo lo observa y presenció la escena más de cerca. Era realmente conmovedor ser testigo de cómo esos niños, que se enfrentaban a retos tan complicados en esos momentos, hacían volar su imaginación totalmente durante unos minutos y cómo esos voluntarios se entregaban al cien por cien para crear un lugar en el que los pequeños se sintieran seguros, aceptados, perfectos. Adrián se emocionó mirando todo lo que acontecía a su alrededor. Uno de los voluntarios se le acercó y le tocó el brazo.

—¿Puedo ayudarte? —le preguntó amablemente.

Adrián no contestó. Su estado emocional no se lo permitió. En lugar de hacerlo, salió rápidamente de la habitación y entró en el ascensor. Pensó en el gran ejemplo de coraje que esos niños suponían para él y cruzó el gran vestíbulo del hospital hacia la salida. De repente, alzó la mirada. Ante él, justo encima de la puerta, había una inscripción de Santiago Ramón y Cajal grabada en enormes letras doradas. Adrián la leyó emocionado y salió a la calle con esperanza.

La frase era: «Cualquier hombre puede, si se lo propone, ser escultor de su propio cerebro».

39

ADRIÁN LLEGÓ A la Gran Vía. Cuando estaba a punto de cruzar descubrió que las bandas blancas habían sido sustituidas por unas pequeñas marcas a los lados que delimitaban el paso de cebra. Así que, si realmente quería cruzar la calle, no le quedaba más remedio que pisar el asfalto y superar para siempre su prueba de fuego.

Miró el semáforo, que enseguida se puso en verde. Respiró hondo y empezó a caminar con determinación pisando el negro alquitrán sin pararse a pensar un solo segundo.

A la mitad del camino, su ansiedad ascendió. Adrián se tensó sobremanera y se paró en seco. El semáforo comenzó a parpadear avisando de que quedaban escasos instantes para dar luz verde a los vehículos.

—Puedo hacerlo. Puedo hacerlo —se repetía Adrián a sí mismo.

Y animado por sus propias palabras, volvió a echar a andar dando cada paso con una firmeza y una seguridad inusuales en él fuera de los escenarios. El semáforo cambió a rojo justo cuando Adrián llegaba a la otra acera. En cuanto puso el pie en el otro lado, se dio la vuelta rápidamente para observar el recorrido que había realizado, casi sin poder creer que hubiera sido capaz de lograr semejante hazaña. La alegría y un profundo sentimiento de satisfacción personal lo inundaron, y comenzó a saltar con los brazos extendidos al cielo.

—¡Sí! ¡He cruzado! ¡He cruzado la calle! —gritaba extasiado.

Un peatón que pasaba justo a su lado lo oyó y le dedicó una mirada burlona. A Adrián la situación le provocó una ligera vergüenza, pero después no pudo evitar echarse a reír espontáneamente a grandes carcajadas. Después de todo, y a pesar de que fuera difícil de entender para la mayoría de la gente, esa era para él una gran victoria.

40

DIARIO DE UN TOC

SIN MIEDO

«Solo una cosa vuelve un sueño imposible: el miedo a fracasar.»

Paulo Coelho

«No huyo de un reto porque tenga miedo. Al contrario, corro hacia el reto porque la única forma de escapar al miedo es arrollarlo con los pies.»

Nadia Comăneci

Hoy he superado lo que para mí era hasta ahora una prueba de fuego: he cruzado un paso de cebra pisando el negro asfalto. De acuerdo que a muchos os puede parecer ridículo, pero para mí es algo muy grande.

Es cierto eso de que la vida es una aventura. Y, como toda aventura, es incierta.

Y ¿si a partir de ahora abrazara la incertidumbre de la vida y me atreviera a vivir sin miedo?

Sin miedo a los microbios, sin miedo a tocar el suelo con la mano, sin miedo a que se me acabe el jabón, sin miedo a que me pase algo malo, sin miedo a que me pase algo bueno, sin miedo a que le pase algo malo a alguien que quiero...

Sin miedo al rechazo, sin miedo a que me hagan daño, sin miedo a hacer daño a los demás, sin miedo al fracaso, sin miedo al éxito...

Sin miedo al desamor, sin miedo al amor, sin miedo a mi cuerpo, sin miedo a mi mente...

Sin miedo a mis emociones, sin miedo a mis pensamientos...

Sin miedo a ti...

Sin miedo a mí...

Sin miedo al miedo...

A partir de hoy me atrevo. ¿Te atreves conmigo?

Publicado por Adrián a las 15:14. 1 comentario: ✉ ✏

Tocadadelala dijo... Dónde te metes, Adri? Llevamos tiempo sin verte por el chat...

41

TRAS EL INCIDENTE del hospital, Estela le dio unos días libres a Adrián para ir a visitar a su familia. Ir a casa era algo que lo ponía verdaderamente nervioso. Pero nada deseaba más en ese momento que verlos y abrazarlos a todos. Justo en esos días, su hermana Elena celebraba que había terminado con éxito la carrera de Ciencias del Deporte. Toda la familia viajaba a Toledo para presenciar la ceremonia de graduación y era de esperar que Adrián también estuviera allí. Pero también era de esperar que Adrián llegara tarde.

La decana de la Facultad de Ciencias del Deporte comenzó desde un podio en el escenario su discurso de felicitación a los nuevos licenciados. A su izquierda se situaba la mesa de honor, cubierta por centros de lirios, tras la que estaban sentados varios doctores, la rectora de la universidad y demás autoridades. La familia de Adrián estaba sentada en una de las filas cercanas a la tarima. Allí estaban su madre, su padre, Laura (su hermana mayor), Ramón (su cuñado) y la pequeña Estrella (su sobrinita de dos años), que descansaba, dormida, en los brazos de Laura.

—Sabed que esta universidad se siente realmente orgullosa de vosotros y que estaremos aquí cuando quiera que nos necesitéis —dijo ceremoniosamente la decana—. Habéis de saber también que viviréis muchas luchas, especialmente en los tiempos que corren, para encontrar un trabajo digno que os haga felices, pero recordad que en la vida es posible vencer, siempre y cuando se tengan la mente, el cuerpo y el alma dirigidos al propósito que se persigue. Fijaos en vosotros: hace cuatro años teníais la meta de licenciaros y cuatro años después lo habéis conseguido...

Adrián, cansado del viaje en autobús y aún recuperándose tras su pequeño periplo hospitalario, pasó al pabellón en el que tenía lugar la ceremonia. Justo en la entrada miró su reflejo en el cristal de la puerta y se aseguró de atusar su pelo lo suficiente para tapar lo mejor posible su nueva herida de guerra. Ya dentro, buscó a su familia entre la multitud. No tardó en encontrarlos y, sigilosamente, se sentó en la silla que habían reservado para él.

—Hola —los saludó en un susurro.

Su madre reparó en el aspecto agotado de Adrián.

—Cariño... —se le escapó, preocupada, y le dio un fuerte y silencioso abrazo.

—Y a ti ¿qué te ha pasado? —le preguntó Laura.

—Nada, nada... Tuve gastroenteritis hace unos días —se inventó sobre la marcha—. Pero ya estoy bien. Hola, princesa —saludó a la pequeña, que comenzó a hacer pucheros.

—Y ¿esa herida de la cabeza? —preguntó Ramón, que vio los puntos de sutura bajo el cabello.

—Bueno, es que me di un golpe con la puerta del baño el otro día.

—Madre mía, vaya semana... —bromeó su cuñado.

—No me conoce —dijo Adrián, en alusión a su sobrinita, para cambiar de tema.

—Como vienes tan poco... —le lanzó su hermana sin sutilezas.

—Pero ¿queréis callaros? —les pidió su padre muy serio.

La decana continuaba con su solemne discurso.

—Ningún viento sopla a favor de un barco sin rumbo. —Adrián sonrió al escuchar esa frase, que ya había oído antes de boca de otra persona—. Si vosotros creéis que no podéis conseguirlo, la vida no hará sino reforzar esa creencia, pero si tenéis fe en que podéis hacerlo, llegaréis a donde queráis. Os deseamos mucha suerte a todos en vuestra apasionante travesía. Felicidades.

Todo el mundo aplaudió. La rectora de la universidad comenzó a nombrar a los recién licenciados y un vetusto doctor de pelo blanquísimo les entregó uno por uno los diplomas según iban subiendo al escenario.

—Manuel de la Fuente Núñez —nombró la rectora desde el micrófono.

—Seguro que no comes nada —le dijo a Adrián su madre entre dientes.

—Leandra Delgado Masó —seguía convocando la rectora.

—Callad, que van a decir su nombre —les pidió Laura con apremio.

—Elena Díaz Díaz —se oyó por los altavoces.

Elena subió al escenario, le colocaron la estola de honor color verde, característico de la facultad, con el emblema de la universidad y le dieron el diploma. Ella se volvió hacia su familia y les mostró el título muy sonriente.

En la casa familiar, ya de noche, Adrián observaba a su madre a través de la puerta entreabierta de la cocina. Ella canturreaba mientras terminaba de poner la mesa, contenta de tener a toda la familia reunida. A él le provocaba verdadero regocijo ser testigo de ese momento íntimo de genuina felicidad cotidiana.

—Adri, llama a Elena, a ver si está donde Laura —le pidió ella—. Vamos a cenar enseguida.

Adrián se acercó a la mesita del teléfono y descolgó el auricular para llamar. Cuando estaba a punto de marcar, pudo oír la voz mecánica de la operadora informática diciéndole: «Tiene un mensaje guardado». Adrián esperó para escucharlo por mera curiosidad y se sorprendió al descubrir su propia voz al otro lado.

—Hola. Nada... supongo que no estáis en casa. ¿Cómo estáis? —Adrián se sobrecogió al reconocer el mensaje—. Os echo de menos. Aquí las cosas van... bien. Os echo de menos. Aquí las co... cosas van bien. ¿Cómo estáis? Os echo de menos. Aquí las cosas... las cosas van...

El «biiiiiip» del contestador interrumpió la voz de Adrián y a él se le encogió el corazón al escucharse a sí mismo en ese desesperante estado. Borró oportunamente el mensaje antes de llamar a sus hermanas y anunciarles que la cena estaba lista y todos se reunieron para un suculento festival de carnes, quesos y vinos manchegos.

Cuando acabaron, recogieron la mesa entre todos y uno a uno fueron abandonando la cocina. Elena salió a celebrar su graduación con sus amigos. Laura y Ramón se marcharon para bañar a la pequeña Estrella. Y el padre de Adrián se fue al salón a reposar la cena tumbado en su sillón favorito. Solamente su madre se quedó en la cocina con Adrián, buscando un momento de intimidad con su hijo. Sacó su cajita de «cosas especiales». La abrió y extrajo una tela blanca y dorada, que colocó cuidadosamente sobre la mesa, y sus preciosas cartas del tarot, que empezó a barajar con maestría.

—¿Quieres que te eche las cartas? —le preguntó a Adrián con picardía.

—Sabes que no me gusta, mamá —contestó él.

—Venga, anda, tú solo di un número —le pidió.

—Sabes que siempre digo el mismo —dijo, reticente a ese ritual por el que su madre lo hacía pasar cada vez que iba a casa.

Después guardó un breve silencio y cambió de opinión, secretamente curioso por lo que las cartas pudieran revelar sobre su porvenir.

—El siete —dijo.

Su madre cortó la baraja, contenta.

—Tengo que hablar contigo, mamá —le reveló Adrián con cierta gravedad.

—Elige un montón —le pidió ella, concentrada en su labor.

—Este. —Adrián escogió el montón de la izquierda—. Tengo que pedirte perdón —le confesó él.

—¿Qué dices? —contestó, sorprendida.

—Bueno, sé que nunca hablamos de por qué fui a la psicóloga cuatro años cuando era un crío. De mi trastorno obsesivo-compulsivo... —trató de explicarse Adrián.

—Adri, le das mucha importancia a eso. Cada uno tiene sus cosas —le dijo ella con infinito cariño y absoluta aceptación.

—Mamá, durante muchos años te culpé por mi trastorno. Y lo siento —se disculpó Adrián con sinceridad.

Su madre hizo una pausa.

—Veamos qué te dicen las cartas —dijo divertida, mientras las iba descubriendo una a una—. Uuuh, te salen los enamorados, que son retos y pruebas en el futuro. Se ve que será duro, pero al final aparece el triunfo.

—Mamá, ¿me perdonas?

—Cariño, no hay nada que perdonar —le dijo ella con profundo amor de madre, y se dieron un fuerte y emotivo abrazo.

42

CUANDO ADRIÁN VOLVIÓ a Madrid, pocos días después, tuvo que enfrentarse a algo ciertamente lamentable que había elegido no compartir con su familia: la pérdida de su apartamento. Aunque estaba muy satisfecho de haber encontrado trabajo en un ambiente tan agradable como el del restaurante italiano, solo hacía media jornada y su sueldo no le llegaba para pagar su deuda de la hipoteca con el banco. Tras meditarlo durante varias noches, Adrián finalmente decidió soltar lastre, abandonar su casa y mudarse con sus nuevos amigos, quienes, en cuanto se enteraron de la situación que estaba atravesando, le ofrecieron que se instalase en un pequeño cuartito que tenían libre en su céntrico piso en el multicultural, a la par que castizo, barrio de Lavapiés.

Era un domingo por la mañana temprano cuando Adrián empaquetó todas sus pertenencias en cajas de diferentes tamaños, que estaban apiladas inundando por completo su pequeño salón. Terminó de precintar una caja y se sentó en el sofá. La vista de su piso vacío le provocó una enorme tristeza. Había perdido su apartamento, su mayor bien material. De pronto llamaron al timbre. Era Román, su amigo mexicano, que había venido a echarle una mano con su furgoneta. Se saludaron y se dispusieron a bajar las cajas. En poco más de media hora, todas estaban acomodadas en el vehículo. Adrián subió una última vez. Se había dejado el libro de Julia encima de la mesa. Lo cogió como si fuera una de sus mercancías más preciadas y echó una última mirada a la casa como despidiéndose. Después salió cerrando la puerta justo para darse cuenta de que no sentía la necesidad de examinar ni comprobar nada por primera vez en su vida. Y eso, pese al duro tránsito en el que se encontraba, le hizo sentir una honda satisfacción. Fuera, su vecina cotilla barría el pasillo comunitario con un ojo puesto en Adrián.

—Adiós, Paquita —se despidió, resuelto.

Román y Adrián se dirigieron al que sería su nuevo hogar, al menos temporalmente: la casa que compartían Román, Dumitru «el pizzero» y Joana.

Cuando Román y Adrián subieron con las primeras cajas, Joana y Dumitru salieron a recibirlos y a ayudar con gran regocijo. En realidad, todo parecía una fiesta. Y en algo menos de quince minutos todas las cajas estaban apiladas en el enorme salón de la casa y los tres hombres se dejaron caer en el sofá, agotados.

—Muchas gracias por echarme un cable, chicos —les agradeció con sinceridad Adrián.

Mientras tanto, Joana abrió una botella de vino y repartió copas para todos.

—¿Qué pasó con lo de tu *casting*? —le preguntó Román.

—Sin representante es imposible —contestó Adrián.

—Tiene que haber una manera —añadió Joana mientras servía vino a todos sin darles opción a rechazarlo.

—No, no. Que es imposible. Ya he llamado. Sin «repre» no tengo nada que hacer —aseguró Adrián.

—Qué chingada —se lamentó Román.

—¿Por qué no haces tu propia obra? —sugirió Joana.

—¿Un monólogo? No...

—¿Por qué no? Estoy segura de que podrías escribir algo y... —le sugirió ella.

—No. No puedo hacerlo —la interrumpió Adrián, categórico.

—¿Quién lo dice eso? —lo desafió con su particular castellano Dumitru, que hasta entonces había estado todo el rato callado, haciendo dudar al resto de si estaba o no siguiendo la conversación.

—¿Qué? —preguntó Adrián, descolocado.

—¿Quién es el que dice que no puedes? —insistió el pizzero con tierna rudeza.

Adrián no respondió. La determinación de Dumitru ciertamente le hizo reflexionar. Joana le dirigió una mirada ufana y, de repente, antes de que nadie bebiera, levantó su copa e instó a los demás a que hicieran lo mismo.

—Por los nuevos comienzos —fue su ceremonioso brindis.

—Por los nuevos comienzos —repitieron todos al unísono.

Y para Adrián, sin duda, ese lo era.

43

SUPERADO EL MAL trago de perder su casa, vivir en su nuevo hogar lo hacía sentir realmente afortunado. Y una bonita idea no tardó en asomar por su mente: ser voluntario en el aula de recreo del hospital entreteniendo y jugando con los niños hospitalizados. Pero enseguida pensó que él realmente no sabía hacer nada que pudiera ser de valor para los niños. ¡Qué equivocado estaba!

Se acercó una tarde con el fin de conseguir información sobre las diferentes fundaciones que se encargaban de gestionar a los voluntarios y sobre los requisitos que como voluntario debía cumplir. Y se llevó una gran sorpresa al enterarse de que prácticamente lo único que se requería era una férrea voluntad de entrega y servicio. Al fin y al cabo, todos tenemos dones que compartir con el mundo. Adrián no sabía hacer papiroflexia ni figuras con globos, pero conocía juegos que enseñar a los niños y, por otro lado, sabía que encontraría el modo de conectar con cada uno de ellos y que pondría todo su corazón en hacerles pasar el mejor rato posible.

La voluntaria se presentó: se llamaba Margarita y le informó de que era la encargada de abrir el aula de juegos ese día. Le comentó que, curiosamente, su compañero acababa de llamarla para avisarla de que no podría ir esa tarde porque se le había inundado la casa, así que le propuso a Adrián que se uniera si le apetecía. Pese a que sus inseguridades le taladraban el cerebro, él no se lo pensó dos veces y dijo que sí.

Procedieron a abrir la sala, y los niños no tardaron en llegar. El primero en aparecer, acompañado de su madre, fue Víctor, un niño rubio de siete años que venía conectado a un gotero y traía cara de haber estado llorando un rato antes.

—Hola, Víctor —lo saludó muy cariñosa Margarita.

El niño no contestó.

—Víctor, te están diciendo hola —le dijo su madre.

—Hola —susurró finalmente.

—¿Te apetece colorear hoy? —le sugirió la voluntaria.

Víctor negó con la cabeza.

—¿Qué te apetece hacer? —se atrevió a preguntar Adrián.

Víctor se encogió de hombros. Los voluntarios buscaron entre la pila de juegos, y Adrián encontró una diversión con la que se entretenía de pequeño con sus hermanas: «Jenga». Entre ambos construyeron rápidamente la torre de madera, y Margarita invitó al pequeño a que sacara un palo sin que se cayera la pila. Al principio, Víctor accedió a hacerlo muy serio, pero, conforme avanzaba el juego y este se puso emocionante, comenzó a sonreír y, finalmente, rió con una melodiosa carcajada cuando Margarita sacó la pieza que provocó que la torre entera se desmoronara.

De repente, aparecieron dos enfermeras algo nerviosas. Llamaron a los dos voluntarios y les contaron que habían recibido a una refugiada iraquí que había llegado a España, con su hija enferma, gracias a la ayuda de la Cruz Roja, y que ambas iban a pasarse en breve por el aula de juegos. La niña tenía parálisis cerebral, y la madre no entendía una sola palabra de español. Justo estaban explicándoles su situación cuando apareció la mujer empujando el carrito de su hija. Rondaría los cuarenta años, tenía la tez morena y por lo demás un aspecto bastante occidental. Las enfermeras hicieron los honores presentando a Nadia —así se llamaba la madre— a los voluntarios. Ella dijo el nombre de Abida señalando a su hija. La pequeña estaba retorcida en el carrito. Su cuerpo era menudo y sus huesos eran finísimos, acentuando la imagen de extrema delicadeza que transmitía. Sus ojos castaños, sin embargo, eran grandes y muy expresivos y estaban rodeados de larguísimas y preciosas pestañas. De repente, la pequeña empezó a llorar y su madre trató de calmarla sin éxito. Nadia les preguntó en un rudimentario inglés si podían hacer algo para aliviar a su hija de algún modo. Su tono de voz y su mirada expresaban una absoluta desesperación.

Margarita comenzó a discutir con las enfermeras qué era lo más adecuado que podían hacer. La niña no podía moverse. Eso eliminaba muchas opciones.

—Puedo cantarle —se le ocurrió a Adrián.

A Margarita le pareció una idea magnífica y se acercó a consultarlo con Nadia, quien dijo que a Abida le encantaba la música. La niña no dejaba de llorar desconsoladamente. Adrián se sentó junto a ella y trató de pensar en alguna canción, pero parecía haberse quedado en blanco. Las enfermeras y Margarita lo miraban expectantes y Nadia no podía ocultar su abatimiento ante el angustioso estado de su niña. Adrián cogió las delicadas manitas de Abida tratando de concentrarse y las acarició muy suavemente cuando comenzó a cantar el tema principal de la película de Disney *La Bella y la Bestia*. Abida gimoteaba fuertemente, pero Adrián siguió cantando con tesón la dulce melodía. De pronto, la niña dejó de llorar, y sus ojos vivarachos se plantaron curiosos en Adrián, casi como si entendiera cada una de las palabras de la letra. Todos observaban la escena con emoción contenida, hasta que inesperadamente la madre se vino abajo y rompió a llorar dando la impresión de estar a punto de desvanecerse. Las dos enfermeras acudieron en su ayuda con palabras de ánimo que probablemente Nadia no comprendía. «Ánimo, mujer», le decía una. «Desahógate, vamos, desahógate...», la apoyaba la otra mientras la abrazaba.

Adrián era consciente de todo lo que ocurría a su alrededor, pero tenía claro que su misión en ese momento era cantar para Abida. Nunca había sentido que su creatividad fuera tan útil para nadie como en ese momento. Era como si todos los años de formación que había recibido como actor, todas las clases de voz y canto, todas las jornadas de trabajo que a veces parecían haber sido en balde cobraran un sentido nuevo por esos instantes que estaba con la dulce Abida. Así que se concentró y siguió cantando con la mirada clavada en la pequeña mientras le acariciaba dulcemente la frente y los piececitos. Cuando acabó la canción, Abida le regaló la sonrisa más preciosa que se pueda imaginar. Y Adrián fue consciente de que sus talentos estaban sirviendo a algo mucho más grande que él. Enlazó una canción tras otra, casi todas de las películas de Disney de las que era tan fan cuando era niño (y no tan niño), y así estuvo cantando durante casi una hora hasta que madre e hija tuvieron que marcharse para darle la medicación a la pequeña. Cuando llegó ese momento, Nadia se despidió de Adrián con el que probablemente era el más sentido agradecimiento que había recibido jamás. Y se fueron.

Después llegaron más niños, acompañados de familiares o enfermeras, y Adrián se pasó la tarde leyéndoles cuentos interpretando cada personaje con magia y misterio, creando suspense y haciéndolos reír con las peculiares voces y recreaciones de animales que improvisaba, mientras Margarita confeccionaba bonitas pulseras de cuentas con un pequeño grupo de niñas.

Esa tarde, Adrián estuvo cien por cien en el momento presente, concentrado en una única misión: hacer disfrutar lo máximo posible a esos niños, esforzándose en que olvidaran, al menos mínimamente, sus aflicciones físicas y personales. Poco sabía él entonces que poniendo todo su ser en ese propósito también él estaría más cerca de olvidar las suyas.

44

DIARIO DE UN TOC

DAR MÁS

«Creo que he aprendido que la mejor manera de levantarse uno mismo es ayudar a otra persona.»

BOOKER WASHINGTON

«Ama a tu prójimo como a ti mismo.»

MATEO 22, 39

Uno de los pasos que siempre me marqué en mi liberación del TOC es ayudar de algún modo a los demás.

Quiero creer que contando mi historia a través de mi DIARIO DE UN TOC, compartiendo mis vivencias y mis avances con otros «tocados», puedo ayudar a otros, de algún modo, en su propio proceso o inspirarlos en su lucha diaria para seguir adelante. Aunque mis palabras tuvieran un impacto positivo en un solo individuo, ya me daría por satisfecho.

Contar mi historia es muy importante para mí. Pienso humildemente que mi relato podría de alguna manera ayudar a muchos, de la misma forma que otras historias me han ayudado enormemente a mí. Quizá facilitando que muchos «tocados» se den cuenta de que son absolutamente capaces de superar este trastorno. Quizá motivándolos a poner «toda la carne en el asador» con el cien por cien de su determinación y su valentía para conseguirlo. Quién sabe... Nunca subestimes el poder de una historia.

El caso es que una de las cosas que siempre quise hacer en este proceso es aportar algo valioso a los demás. A veces estás buscando las cosas durante mucho tiempo y cuando dejas de buscar aparecen solas. Hace poco, durante la mayor crisis que he tenido hasta la fecha, tras tener la desafortunada idea de mezclar alcohol y ansiolíticos (cuando, además, yo nunca he tenido buena tolerancia al alcohol), acabé en el hospital. Tras recibir el alta, descubrí un lugar maravilloso donde entregados voluntarios juegan con los niños que, durante un tiempo más o menos prolongado, tienen que vivir allí. Es precisamente algo que siempre deseé hacer: llevar alegría a niños que están pasando por una situación tan difícil como esa. Así que allí que me fui.

Desde hace tres viernes voy para estar con ellos. Solamente dos horas y media, ya ves, casi nada, y, sin embargo, siento poderosamente que aporto algo bueno a esas grandes personitas. Jugar con ellos, ayudarlos a olvidar un poco, al menos durante unos instantes, los pinchazos, las pastillas y las máquinas, es extremadamente gratificante. Pero me doy cuenta de que, al mismo tiempo, yo olvido mis propias preocupaciones y las obsesiones quedan relegadas a un sitio cada vez más chiquitito de mi cerebro. Me doy cuenta (una vez más) de que, cuando ayudas a los demás, te estás ayudando a ti mismo.

Y ahora un pequeño regalito... Id a YouTube y escribid en el buscador: «*if you give a little love you can get a little love of your own*». Haced clic en un vídeo de 4 minutos y 38 segundos de duración y disfrutad de casi 5 minutos de potente inspiración para dar más. Como dice la canción de este emotivo vídeo, «si das un poco de amor, puedes conseguir un poco de amor para ti mismo».

Siempre lloro cuando lo veo, y me hace pensar que nuestro pequeño mundo podría ser un lugar tan bello. Y que si quizás una persona sola no puede cambiar el mundo, sí puede hacer que su parte, el mundo a su alrededor, sea algo mejor.

Creo firmemente que cuando esté en mi lecho de muerte (espero que dentro de mucho mucho tiempo), mi alma sonreirá si tiene la certeza de haber ayudado a alguien. Pues ¿hay un mayor sentido que podamos darle a nuestra existencia que el de hacer algo bueno por los demás?

Publicado por Adrián a las 02:53. No hay comentarios: ✉ ✎

45

LAS PALABRAS DE Dumitru el día de su mudanza y aquella primera reunión con sus nuevos compañeros de piso supusieron un gran acicate para Adrián, que, finalmente, decidió crear un modesto monólogo para representar en pequeños locales y bares basado en sus «divertidas y no tan divertidas» vivencias y anécdotas como obsesivo-compulsivo.

Las semanas siguientes transcurrieron rápido. Adrián pasaba los días entre el restaurante, donde capeaban la crisis como podían, y su nuevo hogar, en el que se dedicaba a escribir y ensayar su pequeña pieza. Su ansiedad y sus obsesiones a menudo le jugaban malas pasadas. Y echaba de menos el soporte y el apoyo que suponía la terapia con Julia. El soporte y el apoyo que suponían Julia para él en realidad.

De vez en cuando, Adrián y sus nuevos compañeros de piso se reunían después del trabajo para charlar sobre la jornada con una cerveza o un buen vino y, ocasionalmente, acompañaban la tertulia con algo de marihuana de calidad que Román conseguía a través de unos contactos de confianza. Esas noches solían terminar con Adrián interpretando algún fragmento de su nuevo espectáculo, que sus compañeros aplaudían con entusiasmo.

En poco más de un mes, su monólogo estaba listo, y Adrián consiguió un bolo en un pequeño café teatro que regentaba un colega de Joana.

Avisó a sus amigos «tocados» del chat, y estos se entusiasmaron con la idea de asistir al evento. Incluso acordaron que cada uno llevaría una rosa amarilla bien visible para reconocerse entre sí y como símbolo de que eran capaces de dejar sus miedos y supersticiones atrás. A Adrián le encantó la iniciativa.

Una semana antes de estrenar, hizo unos pequeños folletos que se dedicó a repartir por la calle esperando que el día señalado el local estuviese lo más lleno posible. Y entonces se acordó más que nunca de Julia y pensó que invitarla a su monólogo era la excusa perfecta para volver a verla.

Con cierto nerviosismo, pero con gran ilusión, fue a la casa de la terapeuta. Julia escribía en su despacho cuando, justo a las once, Adrián llamó al timbre. Ella salió a abrir y le costó ocultar su sorpresa cuando se encontró al joven mirándola con sus brillantes ojos azules.

—Hola —la saludó Adrián con prudencia.

—Adrián —acertó a decir Julia, cautivada por el desconcierto.

Él, nervioso, le ofreció un *flyer* de su espectáculo.

—Voy a actuar en una pequeña sala. Bueno, en realidad, es un café teatro. Pensé que le gustaría saberlo.

—Me alegro mucho por ti, Adrián. ¿Has llamado a...?

—Se lo agradezco mucho, pero creo que sé lo que es mejor para mí.

Julia permaneció callada, manteniendo cierta distancia en su actitud.

—He sido puntual, ¿no? —dijo Adrián con una sonrisa cómplice, haciendo alusión a que eran las once en punto.

Julia le dedicó una triste sonrisa, y él comprendió que todo aquello era ridículo y que no tenía ningún sentido. Ella lo había expulsado de su vida. Y se lo había explicado bien clarito. De pronto, se sintió terriblemente avergonzado.

—Bueno, disculpe que haya... Disculpe. Adiós.

Y se marchó. Julia, sin palabras, cerró la puerta. Pero Adrián también. Ese día él cerró las puertas para ella.

46

ESA MISMA NOCHE, en el trabajo, Adrián entró en el *office* a coger platos y pilló a Joana y Estela cotilleando. Joana se dio la vuelta, presurosa.

—Adri, se nos ha ocurrido una manera para que puedas hacer tu... ¿cómo se dice?

—¿Mi audición? —contestó Adrián—. Olvida eso ya, Joana. No voy a hacer la audición. No tengo representante. Así que dejemos el tema —le rogó.

—Ya, pero... y ¿si encontrases uno? —lo tentó Estela.

—Eso es... Eso sería... bastante improbable —respondió él.

—Ya, pero ¿si lo encontrases? —insistió Joana—. ¿Harías la audición?

—Claro —contestó—. La cosa es que no sé cómo voy a encontrar un «repre» si no...

—Eso déjanoslo a nosotras —continuó Joana—. Solo pásanos los datos del lugar al que hay que llamar y eso, ¿sí?

Adrián las miró desconfiado y salió con la pila de platos en dirección al salón. Joana y Estela se rieron con una divertida complicidad.

A la mañana siguiente, Julia se encontraba en la librería de El Corte Inglés de la calle Preciados firmando de nuevo ejemplares de su libro. Estaba visiblemente apesadumbrada. Junto a ella se encontraba sentado Arnau. Julia ofreció el volumen firmado al último lector de la cola y de pronto se quedaron solos, custodiados únicamente por un guardia de seguridad, que paseaba de un lado a otro sin cesar para evitar quedarse dormido de pie.

—¿Sigues viendo a ese chico? —le preguntó Arnau en tono confidencial, a pesar de que no había nadie más.

Julia negó con la cabeza, muy seria.

—¿Qué pasa? —preguntó él, al darse cuenta de que Julia no estaba bien.

—Anna tiene razón. Llevo quince años sin pasar consulta —se justificó Julia.

—¿Y? —inquirió Arnau, intuyendo acertadamente por dónde iban las inseguridades de ella.

Julia permanecía en silencio. Él decidió entonces hablarle con la franqueza que su amistad de tantos años merecía.

—Mira, Julia, cuando Oliver se marchó, renunciaste a seguir haciendo lo que más amabas hacer en el mundo: tratar a pacientes. De algún modo, y te voy a ser muy sincero, siempre pensé que renunciaste a la vida. El tiempo que estuviste escribiendo el libro, algo de ti pareció volver. Pero, sin duda, fue Adrián el que te trajo de vuelta de golpe.

Los ojos de Julia miraban hacia abajo, evasivos.

—Desde el primer momento que te vi con él —prosiguió Arnau—, me di cuenta de que tenías enfrente una gran oportunidad. Pero él también. Y ¿sabes por qué? Porque tú verdaderamente puedes ayudarlo. Así que déjate de tonterías. Da igual si llevas quince años sin pasar consulta o treinta. Si estás cerca de cumplir sesenta y ocho u ochenta y cinco. Tú naciste para esto. Recuérdalo siempre.

Julia levantó la mirada y sonrió. En su corazón, sabía con seguridad que Arnau estaba en lo cierto.

47

EL PEQUEÑO CAFÉ teatro tenía mesitas redondas dispuestas alrededor de un minúsculo escenario. La luz provenía de lamparitas moradas sobre las mesas y de un foco, que iluminaba el reducido tablado, que cegaba por completo a Adrián.

Teniendo en cuenta que sus amigos del restaurante no podían ir a verlo (el *show* coincidía con la hora punta del turno de noche) y que no había avisado a su familia, para él era particularmente importante descubrir las acordadas rosas amarillas de sus amigos «tocados» entre las manos de algún espectador, pero el molesto foco, que le apuntaba directamente a los ojos, le impidió ver nada diferente a un grupo de entre quince y veinte siluetas que sorbían sus copas con poco entusiasmo.

—...Y así fue como descubrí la diferencia entre estar colgado y que te dejen colgado —dijo Adrián en un último golpe de efecto en absoluto efectivo.

Apenas sonaron tres o cuatro risas arrítmicas. También alguna tos. El resto de la gente continuaba bebiendo. Adrián no sabía dónde meterse. Su monólogo sobre el TOC no funcionaba muy bien, al menos con ese público... al menos en aquel café...

—Bien, para acabar esta velada tan... tan... Para acabar esta velada, voy a cantarles una canción que he compuesto hace poco y... en fin... espero que les guste.

Adrián se acercó al destartalado piano que enmarcaba el diminuto escenario del local y se sentó en el polvoriento taburete antes de comenzar a pulsar las teclas con suavidad. Pese a su apariencia, el viejo instrumento sonaba a la perfección, impecablemente afinado. Y entonces Adrián empezó a cantar la hermosa melodía con delicadeza.

¿Cuántas veces has sufrido por algo que no ha ocurrido? ¿Cuántas veces has lavado tus manos por amor? ¿Cuántas veces repetiste diez veces lo que dijiste? ¿Cuántas veces has tocado madera sin control? Vuelve a creer que puedes cambiar... Respira otra vez e intenta volar... Enfréntate a tu dragón y podrás ver que es de algodón...

El escaso público escuchó la bonita canción cautivado, pero, llegado el final, aplaudió a Adrián sin mucha efusividad. Él se levantó del taburete y los saludó con una sonrisa que ocultaba el pesar por el pobre *feedback* recibido, mientras internamente se aferraba a buscar entre el público las esperadas rosas amarillas que indicarían la presencia de unos amigos cuyos rostros aún desconocía. No vio ninguna. Entró en el camerino, se miró en el espejo roto y lloró.

Quince minutos más tarde, los pocos espectadores se habían marchado a la barra de fuera y habían dejado la salita vacía. Más tranquilo, Adrián salió del cochambroso camerino de detrás del escenario con su mochila a la espalda, un poco deprimido por la exigua respuesta que había obtenido su espectáculo. Al pisar el tablado, vio que Julia estaba sentada observándolo desde una de las mesitas del fondo.

—¿Qué hace aquí? —preguntó él, muy sorprendido.

Julia se levantó y se aproximó hasta él.

—Quería venir a verte.

—No hacía falta. No debería habérselo contado —dijo Adrián, ciertamente molesto, siguiendo su camino hacia la salida.

—Te agradezco que lo hicieras. Me gustó muchísimo —le reveló Julia con sinceridad.

—Antes de que lo pregunte —le dijo Adrián, girándose hacia ella—, no he llamado a su colega ni pienso llamarlo.

—Me alegro de que no lo hayas hecho —le confesó Julia.

Esto descolocó completamente a Adrián.

—¿Perdone?

—¿Puedes sentarte un minuto? —le preguntó.

Adrián vaciló unos segundos.

—Por favor... —insistió ella.

Él volvió y se sentó sobre el escenario. Julia se acercó y se sentó a su lado. Tras unos segundos en silencio, comenzó a hablar.

—Yo tenía un hijo, ya lo sabes, el que pintaba —comenzó a contarle—. Se llamaba Oliver. Oliver era muy especial, muy sensible. Cuando era pequeño, su padre y yo lo llevábamos a pasar los fines de semana a la nieve. Una vez —Oliver ya tenía diecisiete años— yo no pude acompañarlos. Anna, que entonces era muy pequeña, tenía la varicela y nos quedamos en casa.

Cuando ellos volvían de la montaña, un conductor hizo un mal adelantamiento y tuvieron un accidente. El coche dio seis vueltas de campana. Al parecer, Enrique murió en el acto. Oliver solo se rompió las piernas, pero tardaron dos horas en sacarlo del coche. Tuvo que esperar al helicóptero de rescate junto a su padre muerto. La cosa es que Oliver ya nunca volvió a ser el mismo. Y supongo que yo tampoco era ya la misma. Él pintaba cada vez menos. Comía cada vez menos. Y empezó a mostrar síntomas de depresión y de trastorno obsesivo-compulsivo. Como tú —dijo mirando a Adrián, que la escuchaba con los ojos muy abiertos—. Hice que lo vieran los mejores especialistas, colegas míos, pero Oliver no remitía. Sentía pánico de la vida misma. Un día anunció que había solicitado entrar en una escuela de artes en Londres y que lo habían admitido. Aparentemente, su estado cambió. Hizo una fiesta de despedida y vinieron sus primos y sus amigos. Fue la primera vez que lo vi feliz desde el accidente. —Julia hizo una pausa—. Y la última. Se despidió de todos entre besos y abrazos. Y al día siguiente, se... —Julia apenas podía decirlo—. Se quitó la vida. La escuela... bueno... la escuela ni siquiera existía. Su sueño era exponer sus cuadros algún día... y ya ves. Yo dejé de pasar consulta a pacientes y acepté una cátedra en la universidad. Después de unos años, un colega mío me pidió consejo sobre un paciente con TOC. Por entonces, yo no sabía mucho más que él sobre el tema. Así que comencé a investigar todo lo que pude y me picó el gusanillo. Me especialicé, es cierto, pero de forma teórica. Nunca había tratado a un paciente con trastorno obsesivo-compulsivo desde que Oliver murió. Luego, hace tres años, me fui de retiro a la India. Necesitaba encontrarme de nuevo. Allí me dediqué a estudiar cómo combinar ciertas herramientas de la terapia tradicional con la meditación para ayudar específicamente a personas con TOC. Acabé escribiendo el libro. Todo parecía ya superado y... entonces apareciste tú.

Adrián tenía los ojos vidriosos. La explicación de Julia lo había conmovido.

—Lo siento mucho. Ahora entiendo que no pudiera seguir tratándome —le dijo con sinceridad.

—Quiero seguir haciéndolo —le reveló Julia, decidida.

—Pero... —Él no entendía nada.
—¿Tú confías en mí?
Él no estaba seguro de comprender.
—¿Confías en mí? —volvió a preguntar Julia.
Adrián asintió, definitivamente convencido.
—Pues eso es lo único que me importa.
Guardaron silencio un momento, y Adrián sonrió.
—¿De verdad le ha gustado el espectáculo?

48

EL RESTAURANTE ESTABA a punto de abrir. Aprovechando que Adrián libraba ese día, Joana estaba haciendo una llamada telefónica muy especial desde la barra, y Estela y Román se encontraban a su lado, muy atentos a la conversación.

—Sí, es que llevo poco en España —le contaba a su interlocutor—. Mi carrera profesional sobre todo se ha desarrollado por... por...

Estela agarró el menú del restaurante, presurosa, y le señaló el mapa de Italia que ilustraba la carta.

—Italia. Sí, por supuesto, Roma. Entonces, ¿tiene un hueco para mi actor?

Se creó un silencio. Estela y Román miraban con atención a Joana, mientras esta esperaba una respuesta. De repente, sonrió e hizo un gesto triunfal con el puño. Los otros dos contuvieron su excitación con dificultad.

—Adrián. Se llama Adrián Díaz —contestó Joana al teléfono, manteniendo muy bien la compostura.

—¿La dirección? Sí, claro. Espere, que lo apunto en la agenda.

Joana pidió un bolígrafo y papel a través de gestos, y Román se los pasó raudo y veloz.

—Ajá. ¿A las cinco? ¡Perfecto! —exclamó Joana mientras tomaba nota de todo lo que la voz al otro lado le decía—. Pues allá estaremos. Muchas gracias —dijo colgando el teléfono antes de dirigirse a sus compañeros—. Ya tenemos audición —les comunicó con una amplia sonrisa.

Estela y Román estallaron en una muestra de júbilo colectivo. Joana les chocó la mano a los dos con actitud victoriosa. Tenía razones para estar orgullosa. Sus inusitadas dotes para la interpretación le habían hecho conseguir la audición para Adrián.

49

ADRIÁN ESTABA EN el despacho de Julia, acomodado en una butaca con los ojos cerrados. Julia, sentada frente a él, le preguntó: «¿Qué ves?».

Adrián se veía a sí mismo sentado en la ventana de la clase de su colegio como aquel traumático día. Toda la escena que lo rodeaba era idéntica a la de aquella dramática jornada, aunque cuando se miró las manos temblorosas pudo reconocer que eran sus manos de adulto las que tiritaban. Su respiración se hizo agitada y gimoteante. Miró hacia fuera: un pájaro parecía observarlo desde una rama. Pudo oír claramente los gritos de los chicos; los incesantes golpes contra la puerta, que aguantaba, ya por poco, cada violenta embestida; y la silla apoyada contra la entrada tambaleándose más y más con cada ataque. Miró hacia abajo. El vacío.

Adrián abrió los ojos de pronto, casi sin aliento,

y le contó a Julia todo lo que tan vívidamente se había manifestado en su conciencia.

—Creo que lo hemos encontrado —dijo Julia.

—¿Qué hemos encontrado? —preguntó Adrián.

—Tu miedo más grande —contestó ella.

—Bueno, si se refiere a las alturas, les tengo pánico, pero... —trató de explicar Adrián.

—Tu pánico a las alturas esconde un miedo mucho más profundo. Tu miedo a caer, tu miedo a equivocarte, a dejarte llevar... En definitiva, tu miedo a vivir. Resolviendo uno, podremos empezar a sanar el otro.

Adrián no estaba seguro de entenderlo del todo, pero confiaba en Julia.

—Y ¿cómo lo hacemos?

—Se me ocurre algo —dijo ella con una pícara sonrisa.

Adrián ascendía asustado por una pared de roca artificial, sujeto por un arnés. Julia y él se encontraban en uno de los rocódromos más grandes de Madrid.

—Yo creo que por hoy podemos dcjarlo aquí —sugirió Adrián, mirando hacia abajo.

Un instructor musculoso, que lo observaba desde el suelo, miró a Julia, que contemplaba la escena sentada con aparente parsimonia. Levantó la vista hacia Adrián y negó con la cabeza, rotunda.

—Ni de coña —dijo el monitor señalando que Adrián estaba apenas a dos metros del suelo.

—Es mejor poco a poco, ¿no?

El instructor lo miró severo, y él siguió subiendo.

—¡No mires abajo! —le gritaba el monitor.

A Adrián los cinco metros de la vía le parecían una heroicidad para la que no se sentía preparado, así que decidió concentrarse únicamente en la próxima presa y subir solo un poco más. Más tarde, se fijó en el siguiente agarre y ascendió lateralmente. Y después de ese, en el consecutivo, prosiguiendo su lento, pero seguro ascenso.

Un rato después, casi sin darse cuenta, había llegado arriba del todo. Se dio la vuelta para mirar hacia abajo con incredulidad. Saludó a Julia, que le sonreía desde abajo, agitando una mano con entusiasmo y le pareció estar en la cima del mundo.

50

DIARIO DE UN TOC

EL MEJOR ANSIOLÍTICO DEL MUNDO

«El camino hacia la cima es, como la marcha hacia uno mismo, una ruta en solitario.»

ALESSANDRO GOGNA

«*Just do it.*»

ESLOGAN DE NIKE

«Haz lo que tienes que hacer y todo lo demás vendrá por sí solo.»

SRI K. PATTABHI JOIS

Hoy os presento una de las herramientas más efectivas para vencer la ansiedad. Es gratis y, como efectos secundarios, solamente provoca agujetas... ¿Sabéis ya cuál es? Efectivamente. Estoy hablando del deporte.

Numerosos estudios en todo el mundo demuestran que el deporte estimula la segregación de endorfinas (también denominadas «hormonas de la felicidad»). Pero ahí no acaba el milagro: el deporte y el ejercicio físico regular ayudan a incrementar los niveles de serotonina de forma natural. La serotonina es un neurotransmisor que el cuerpo crea a partir del triptófano y que se encarga de regular el sueño, el estado de ánimo, el impulso sexual, el umbral del dolor y el apetito. Está científicamente demostrado que los bajos niveles de serotonina de un individuo pueden provocar irritabilidad, ansiedad y depresión. Y, curiosamente, un rasgo en común en los «tocados» es el déficit de este neurotransmisor.

Mi experiencia personal con el ejercicio físico es extraordinariamente positiva. Hace poco (con la finalidad de vencer mi miedo a las alturas) he empezado a hacer escalada. No solo he vencido mi acrofobia, sino que la aventura me ha enganchado y ahora salgo a correr casi todas las mañanas. Noto cómo este hábito está contribuyendo a la paulatina disminución de mi ansiedad (y por ende también a la de mis obsesiones y compulsiones) y cómo esto ocasiona, a su vez, que mi estado de ánimo se equilibre. ¡Todo son ventajas!

Así que ya sabes: «Tan solo hazlo».

Publicado por Adrián a la 01:06. 2 comentarios: ✉ ✎

Tocadadelala dijo... Adri, Disculpa que no fuera a tu función. Tuve problemillas... ya te contaré.

Tocadoyhundido dijo... Yo juego al fútbol y me viene de maravilla. Por cierto, yo tampoco fui... :-(

51

ADRIÁN ENTRÓ EN el restaurante vestido de calle, y Estela le recibió en la puerta llena de júbilo y lo empujó hacia dentro. Detrás de la barra, Joana se concentraba en hacer cafés con esmero.

—Tenemos una sorpresa para ti, Adri —declaró Estela como una niña pequeña.

—¿Qué? ¿De qué estás hablando? Tengo que cambiarme —se excusó Adrián, nervioso.

—Sí, sí. Joana, díselo —insistió Estela con la inocencia de una chiquilla.

Estela animaba a Joana a hablar. Esta se resistía, embelesada por su última creación cafetera: un capuchino con la espuma de leche perfectamente vaporizada elevándose como una etérea montaña nevada con cacao y canela. Y así creaba la expectación de la que gustaba para revelar la gran noticia.

—Te hemos conseguido la audición —dijo triunfal.

Adrián se resistía a creerlo. Aún no había encontrado representante.

—¿Qué? Pero ¿cómo es posible? No tengo...

—Sí tienes —lo cortó Estela, pícara.

—¿Quién? —preguntó Adrián aún sin comprender.

Estela miró a Joana, que exhibió su típica y abierta sonrisa. En cuanto Adrián lo entendió, se marchó a cambiarse muy enfadado. Joana salió de la barra corriendo tras él.

Adrián ya se había puesto el pantalón del uniforme y se estaba sacando la camiseta cuando Joana irrumpió violentamente en el reducido vestuario.

—¿Qué es lo que te molesta tanto? —inquirió, vehemente.

Él dobló su camiseta, inmerso en su ritual de perfección, sin contestar. Joana agarró la prenda de algodón y la tiró al suelo con el fin de llamar su atención para obtener una respuesta.

—¿Me quieres decir qué carajo te molesta tanto? —le preguntó, enérgica.

Adrián respiró, la miró tratando de controlar su rabia y recogió la camiseta, que volvió a doblar meticulosamente.

—Habéis hecho trampa —contestó mientras la metía en la taquilla con sumo cuidado.

—¿Qué? ¿De qué hablas? —lo interpeló Joana, ofendida.

—Habéis hecho trampa. Habéis mentido. Yo no tengo representante —le dijo Adrián con dureza.

—Yo soy tu representante —afirmó ella, muy segura de sí misma.

Adrián sacó de la taquilla su camisa blanca mientras negaba con la cabeza con una mueca que en absoluto agradó a su compañera.

—¿Te parezco poco?

—Mira, Joana, os agradezco mucho que lo hayáis intentado —le dijo Adrián—. Pero no creo que sea la manera.

—A veces hay que ir por caminos desesperados para conseguir lo que merece la pena. No hacemos daño a nadie —se justificó Joana.

Adrián se abotonó la camisa sin decir nada.

—¿Estás seguro de que eso es lo que te pasa? —le preguntó ella, demostrando cierta sagacidad.

—¿Qué quieres decir? —Adrián se enervó.

—Que por fin ves que tienes tu oportunidad y te has cagado en los pantalones —le dijo Joana sin paños calientes.

Adrián trató de buscar las palabras adecuadas para contestar. Pero los argumentos de Joana le habían irritado profundamente. ¿Cómo era capaz de juzgarlo de ese modo? ¿Qué quería decir? ¿Creía que era un cobarde? No fue capaz de responder nada. Lo único que hizo fue dirigirle a Joana una mirada colérica antes de salir cabreado del vestuario.

—Sí, eso es. ¡Huye! —le gritó ella, tras lo cual le dio un fuerte golpe con los nudillos a la puerta de la taquilla, que sonó como si se hubiera destrozado. Pero en realidad lo que casi se destrozó fue su propia mano.

—¡Mierda! —se quejó con un grito ahogado.

52

ANNA ENTRÓ EN la casa de Julia y, enseguida, esta salió a recibirla muy seria.

—Hola, mamá —la saludó Anna tímidamente.

—Hola —dijo Julia con cierta circunspección.

—Sé que Adrián está a punto de venir. Escucha, yo... quiero pedirte disculpas por lo que te dije. De verdad que lo siento —le dijo de corazón.

Anna se acercó un poco. Julia la observaba aún con frialdad.

—Desde que murió Oliver, te he echado tanto de menos... —le reveló Anna al borde de las lágrimas—. Y ese chico me recuerda que no estás conmigo. Que no quieres pasar tiempo conmigo. Sé que tú no tuviste la culpa de lo que le pasó a Oliver.

Anna hizo una pausa. Lo que estaba a punto de decir le provocó un nudo en la garganta que sabía que de un momento a otro iba a desencadenar el llanto. Julia la miraba en ese momento absolutamente conmovida por sus palabras.

—Pero, mamá, de algún modo yo también necesito escuchar lo mismo —le dijo con sinceridad, mostrando su lado más indefenso, y dos lágrimas cayeron raudas de sus ojos al suelo, mojando la impoluta moqueta.

Julia no podía hablar. Anna interpretó el silencio de su madre como una muestra más de su eterno desafecto hacia ella. Pero, de algún modo, estaba satisfecha. Al menos, había sido capaz de expresarle algo que deseaba decirle desde hacía muchos años. Se dio la vuelta y se marchó. Julia pareció deshacerse. Dudó si ir tras ella o no. Finalmente, cuando Anna ya había salido, se apresuró a ir a la puerta alcanzando a ver cómo su hija se alejaba acelerando su coche mientras se enjugaba las lágrimas de la cara. Justo entonces, vio a Adrián aproximándose a la casa desde la otra dirección, y Julia lo recibió con una fría cortesía que trataba de encubrir su vulnerable estado.

Adrián estaba sentado con los ojos cerrados sobre el césped del jardín mientras inhalaba profundamente el aire fresco de esa mañana. La cálida voz de Julia lo guiaba suavemente en su meditación.

—No hay lugar. Solo hay aquí. No hay tiempo. Solo hay ahora —repetía ella como un poderoso mantra.

Después, estuvieron en silencio unos minutos y abrieron los ojos lentamente. Adrián observó las maravillas que lo rodeaban: la verde y ligeramente húmeda hierba, el grandioso cielo azul de la mañana, un minúsculo diente de león que planeaba aventurero por el jardín, su propia piel... Y todo le pareció perfecto.

Algo más tarde, comenzaron a hablar, y Adrián conectó con sus miedos a hacer la prueba y le habló a Julia acerca de su pánico a sentirse dominado por sus obsesiones y compulsiones durante la audición.

—Y en cualquier caso... —añadió, desesperado—, ¿qué pasa si no les gusto? —preguntó Adrián concluyendo su divagación, como buscando una razón más para no hacer la dichosa prueba.

—No puedes gustarle a todo el mundo, Adrián —contestó Julia muy tranquila.

—Ya, ya lo sé. Pero ¿qué pasa si no les gusto a ellos?

Julia reflexionó en silencio antes de seguir hablando.

—Una vez... los animales del bosque organizaron unas olimpiadas.

—¿Me va a contar otro cuento? —le preguntó Adrián con ironía.

Julia lo miró muy seria.

—Perdón.

Ella asintió elegantemente y procedió a continuar su relato.

—¿Por dónde iba? —se preguntó a sí misma en voz alta tras haber perdido el hilo de la historia.

—Unas olimpiadas... Unas olimpiadas en el bosque —apuntó Adrián rápidamente, dejando patente que estaba más que atento a sus palabras.

—Unas olimpiadas en el bosque, eso es... —repitió ella, retomando el cuento antes de proseguir—. Las ranas querían demostrar que eran tan audaces que podían ascender por el tronco del majestuoso roble. Pero, pronto, una a una fueron cayendo desde diferentes puntos de la corteza, pues la tarea parecía prácticamente imposible. Al final, tan solo quedaba una pequeña ranita, que se resistía a tirar la toalla. Los animales del bosque le gritaban: «¡No puedes conseguirlo!», «¡Eres demasiado pequeña!», «¡No lo lograrás!». Pero ella siguió saltando con fuerza de una rama a otra hasta que llegó a lo más alto de la copa. Los animales la coronaron como el animal más audaz del bosque. Entonces, el oso le preguntó cómo había sido capaz de encontrar la fuerza para conseguir su propósito a pesar de los enérgicos gritos de desánimo. La ranita no contestó. Y es que era sorda.

Adrián sonrió. Julia hizo una pausa y le habló muy íntimamente.

—Nadie tiene la licencia para definir tu poder. Nadie. A no ser que se la des tú.

53

DIARIO DE UN TOC

TU MIEDO MÁS PROFUNDO

«Nuestro miedo más profundo no es que seamos inadecuados. Nuestro miedo más profundo es que somos poderosos sin límite. Es nuestra luz, no nuestra oscuridad, lo que más nos asusta. Nos preguntamos: ¿quién soy yo para ser brillante, bello, talentoso y fabuloso? Pero en realidad, ¿quién eres tú para no serlo? De hecho, eres hijo de Dios. Jugar a ser pequeño no sirve de nada al mundo. No hay nada iluminador en encogerte para que otras personas no se sientan inseguras a tu lado. Todos estamos hechos para brillar, como hacen los niños. Nacemos para manifestar la gloria de Dios que está en nuestro interior. No está solo en algunos de nosotros. Está dentro de todos y cada uno. Y al dejar brillar nuestra propia luz, inconscientemente damos permiso a otras personas para hacer lo mismo. Mientras nos liberamos de nuestro propio miedo, nuestra presencia, automáticamente, libera a los demás.»

DISCURSO DE NELSON MANDELA
COMO PRESIDENTE ELECTO DE SUDÁFRICA
TEXTO ORIGINAL DE MARIANNE WILLIAMSON

Para mí es evidente que este trastorno está ligado a un poderoso sentimiento de «minusvalía», entendiéndose «minusvalía» como la carga emocional tras esa arraigada creencia errónea que en palabras sería algo así como «valgo menos que los demás». Yo creo que todos en general en nuestra sociedad tenemos pánico a no ser valiosos y tememos no merecernos la felicidad que tanto ansiamos. Creemos que para alcanzarla nos falta ser más «algo» o deberíamos ser menos «algo». Pero esa creencia está especialmente acentuada en los pacientes con TOC. Nunca somos perfectos. Lo que hacemos nunca es suficiente y nunca somos lo suficientemente buenos.

En los momentos en los que pienso que no soy suficiente, que soy imperfecto o que no soy valioso, leo este texto de Marianne Williamson y una lucecita dentro de mí se enciende. Y entonces me repito el mantra: «Eres suficiente. Eres valioso. Eres perfecto».

Es cierto que creo que mi miedo más profundo no es ser imperfecto ni inadecuado, sino precisamente todo lo contrario: ser poderoso, triunfar, tener conciencia de mi propia grandeza. Las obsesiones y las compulsiones —ese proceso maquiavélico creado por mí mismo— «me protegen» cuando ese miedo me atenaza. En su perfecto funcionamiento, casi siempre que voy a brillar, se encargan de hacerme encoger el alma.

Por eso, te pido que jamás consientas que el miedo te haga encogerte y acabes dando la espalda a tu propia grandeza. Tienes algo muy especial. Defiéndelo con todo tu corazón mientras trabajas por vencer el TOC o cualquiera que sea el temible dragón con el que te enfrentas. Recuérdate a ti mismo: «Soy suficiente. Soy valioso. Soy perfecto». Y jamás permitas que tus inseguridades y tus temores te hagan creer que hay algo malo en ti, que eres inadecuado o imperfecto o que no guardas dentro de ti esa luz poderosa que confía en ser despertada, que espera servir de guía para iluminar el camino de los demás.

Porque ahí está. Lista para ser encendida y disolver para siempre tu miedo más profundo.

Publicado por Adrián a la 01:19. 5 comentarios:

Toctoc31 dijo... Que bonito, Adri. Me he emocionado leyéndolo.

Toctoc31 dijo... Qué bonito, Adri. Me he emocionado leyéndolo.

Toctoc31 dijo... Qué bonito, Adri. Me he emocionado leyéndolo.

Toctoc31 dijo... Disculpa que haya posteado el comentario anterior tres veces, Adri. Se me olvidó un acento la primera vez...

Adriestatocado dijo... No hay nada que disculpar. Gracias por postearlo tres veces. Así me ha quedado clarito. ;-)

54

JOANA ESTABA SENTADA a la mesa más bonita del restaurante, la que daba a la ventana, vestida de calle y claramente cabizbaja. Los clientes ya habían salido, y Román y Estela, aún de uniforme, se dedicaban a cambiar la mantelería para dejar las mesas listas para el turno de noche.

—¿Seguro que sabe que era hoy? —preguntó Román mientras allanaba las arrugas de uno de los níveos manteles.

—Le dije que viniera a las cuatro —contestó Joana.

—Quizá se le ha olvidado —arguyó Estela, que estaba colocando mimosamente sobre los platos las almidonadas servilletas.

—Adri nunca se olvidaría de algo así. La he cagado —reconoció ante los demás, justo cuando Adrián apareció por la puerta muy serio.

—Hola —saludó a todos.

Joana se levantó. Los otros volvieron al trabajo para dejarles un momento de intimidad. Enseguida, Joana tomó carrerilla, dispuesta a pedirle disculpas.

—El otro día no tenía derecho a decir lo que dije. Estela me ha contado lo tuyo. No tenía derecho a llamarte cobarde. Ni a juzgarte. Y más aún después de lo que has pasado los últimos...

Adrián la interrumpió enseguida.

—Tú tenías razón. Me cagué —confesó él en un alarde de franqueza.

Joana lo miró con inmenso cariño.

—¿Aún quieres ser mi representante? —preguntó Adrián tímidamente.

—Claro, idiota —dijo ella, emocionada, fundiéndose con él durante unos segundos en un emotivo abrazo—. Pero vamos ya o llegaremos tarde.

Estela, que había sido un testigo no demasiado discreto de toda la escena, les gritó desde la barra.

—¡En metro no llegan ya! ¡Utilicen mi carro!

—¡Nos vamos! —anunció Joana con gran alegría.

Dumitru salió de la sala interior, y todos se acercaron alborotados a desear suerte a Adrián.

—Mucha mierda, hermano —le dijo Román dándole un fuerte abrazo.

—Mierda —le deseó Estela regalándole un cariñoso beso en la mejilla—. Y recuerda... —añadió con una amable mirada de complicidad—. Cabeza alta, Adri.

Adrián aceptó el consejo como un preciado regalo. Estela le dio las llaves de su coche a Joana, quien metía prisa a sus tres compañeros para que liberaran al chico lo antes posible, por lo que a Dumitru solo le dio tiempo a chocar los cinco con Adrián en expresión de sus buenos deseos.

—¡Venga, venga, que no llegamos! —los urgía Joana.

Los dos salieron exaltadamente del restaurante mientras Estela les pedía a voz en grito que fueran cautelosos con su coche.

—¡Tengan cuidado con mi carro!

Román gritó una última vez: «¡Mucha mierda!» y Dumitru lo imitó con entusiasmo: «¡Mierda, mierda, mierdaaaa!». De pronto, se volvió a sus amigos y les formuló una pregunta que les hizo estallar en vibrantes carcajadas.

—¿Por qué le gritamos «mierda»?

55

ADRIÁN Y JOANA llegaron al humilde Renault 9 blanco abollado de Estela, y aquella le lanzó las llaves a él sorpresivamente.

—¿Yo...? —preguntó Adrián, casi paralizado.

—Yo no tengo carné, Adri —le dijo Joana.

—Pero hace mucho que no conduzco...

Pese a todo, Adrián asumió que le tocaba a él la labor de llevar el coche, y ambos entraron en el auto. Poco después de arrancar se introdujeron en un pequeño atasco cerca del centro de la capital. Pero pronto salieron a una calle libre de circulación. Adrián miró el reloj y aceleró. De repente se oyó un ruido extraño, como un golpe contra los bajos del coche, y frenó en seco. Miró por el retrovisor, pero no vio nada raro.

—¿Qué ha sido eso? —preguntó, asustado.

—No sé... Parecía una piedra —contestó Joana.

Él intentó relajarse y volvió a acelerar. El enfermizo pensamiento de que podía haber atropellado a alguien estaba ahí, en alguna parte de su mente, luchando con obstinación por salir y, a pesar de que sabía que era completamente ridículo, no estaba seguro de ser capaz de pararlo.

Mientras tanto, en el teatro, una veintena de actores acompañados de sus respectivos representantes se agrupaban en el vestíbulo. Entre ellos estaban Jaime, muy tranquilo, acompañado de su agente, y Guillermo, que finalmente, y como era de esperar, representaba a Iker, el joven actor al que había otorgado la audición. Una asistente de *casting*, acompañada por varios ayudantes, se dirigió a ellos a viva voz.

—Buenas tardes. Esta es la última jornada de *casting* con Ben Maslow —comenzó muy ceremoniosa—. Sois los últimos veinte actores que tienen la oportunidad de hacer una audición para *Dreams*. Os iremos llamando uno a uno según habéis sido citados. No habrá más oportunidades ni más rondas. Es una prueba única. Y el elegido tendrá que trasladarse a Canadá en las próximas dos semanas. Así que tened vuestros pasaportes en regla por si las moscas. Mucha suerte a todos.

Simultáneamente, Adrián bregaba por librarse de ese pensamiento obsesivo que no lo dejaba en paz. Aun cuando ya estaban circulando por una calle tranquila, alejada del bullicioso centro de la ciudad, él sudaba de forma copiosa, claramente nervioso, y su respiración se había vuelto muy agitada.

—¿Estás bien? Creo que llegamos a tiempo. Tranquilo —le dijo Joana, tratando de que se relajara.

Adrián no parecía capaz de concentrarse en la carretera ni en las palabras de su amiga.

—Tenemos que volver —anunció con gravedad.

—¿Qué? —Joana no salía de su asombro.

Adrián cedió a su obsesión. «Sabía» que no había atropellado a nadie, pero «necesitaba» volver y comprobarlo con sus propios ojos. Paró el coche en seco y dio media vuelta.

—Tú no puedes entenderlo. Necesito volver —le explicó a Joana.

—No hemos atropellado a nadie.

—No lo entiendes, Joana.

—Sí que lo entiendo. Estela me contó. No puedes dudar constantemente de ti mismo, Adri.

En lugar de discutir con ella, Adrián pisó el acelerador, dirigiendo el coche hacia el punto donde, minutos antes, habían oído el misterioso ruido.

—Adri, escúchame: todo lo que quieres, todo lo que siempre has soñado, te está esperando en ese teatro. Y lo vas a dejar escapar por una obsesión ridícula que no tiene ningún sentido.

Él no decía nada. Solo seguía callado, concentrado

en el volante, y, en escasos minutos, llegaron al punto anterior, donde el ruido había saltado todas las alarmas. De pronto, se oyó la sirena de un coche de policía detrás de ellos.

—¡De puta madre! —exclamó Joana con ironía.

Adrián frenó en seco y salió del coche corriendo. Joana salió tras él mientras el coche patrulla estacionaba justo detrás. Adrián miró alrededor. Ella encontró una zona levantada del asfalto, donde había grava y algunas piedras.

—¿Ves? Te lo dije —le reprochó Joana, señalando las piedras como el motivo del perturbador sonido.

El policía salió de su vehículo y se aproximó a ellos con cara de pocos amigos.

—¿Qué es lo que pasa aquí?

—Se encuentra mal... —improvisó Joana—. Comió algo en mal estado. Y hemos bajado porque...

Adrián, sin embargo, se mostraba de repente mucho más tranquilo, aliviado al comprobar, una vez más, que sus temores eran imaginarios, y algo cabizbajo al darse cuenta de que había vuelto a caer en la trampa de sus obsesiones.

—Necesitaba... —prosiguió Joana, improvisando— vomitar, señor guardia... Digo... señor policía. —Y después miró a Adrián buscando su complicidad.

Este reaccionó rápidamente y, echando mano de su oficio, se alejó tras el coche y se puso a emitir sonoras y desagradables arcadas.

—Ibais excediendo el límite de velocidad —les comunicó el policía, muy serio.

—¿Nosotros? —preguntó Joana, forzando la mirada más inocente que pudo.

—Abrid el maletero —les ordenó, desconfiado.

—Sí, señor guard... Digo... señor policía, lo que usted mande.

Joana abrió el maletero. El agente lo inspeccionó meticulosamente y los miró, aún con escepticismo.

—Id sacándome el carné de conducir y los papeles del coche. Tendréis que soplar —les avisó.

—¿Disculpe? —Joana no entendía a qué se refería con eso de «soplar», pero no le sonaba nada bien.

—Tendréis que hacer el test de alcoholemia —aclaró el policía mientras se dirigía a su coche a por el aparato.

Los dos comenzaron a buscar los papeles del coche muy nerviosos. Finalmente, Adrián los encontró en la guantera y se los pasó a Joana, quien se los entregó velozmente al policía, que volvía entonces con el alcoholímetro.

—Pero no tenemos tiempo, señor... policía —le comentó Joana muy nerviosa.

—Tenemos que estar... De hecho tendríamos que estar ya en... —trató de explicar Adrián.

—¿Sopláis aquí o sopláis en la comisaría? —les preguntó él con firmeza.

Joana y Adrián se miraron.

—Pues casi que mejor aquí, sí —respondió Joana cogiendo el aparato.

Entretanto, en el teatro, la asistente salió de la sala al vestíbulo, miró su lista y pronunció el nombre del siguiente actor convocado para la audición.

—Adrián Díaz.

No recibió respuesta. Miró a los pocos actores que esperaban en el vestíbulo, algunos sentados en el suelo, y repitió el nombre más fuerte.

—¿Adrián Díaz?

Pero obviamente nadie contestó y ella tachó el nombre de Adrián de la lista.

Adrián y Joana subieron al coche muy serios. El policía les pasó la multa por la ventanilla y se marchó.

—Joder... Lo siento —se disculpó Adrián, afectado.

—No, tú tranquilo. Si la vas a pagar tú —le respondió ella con sorna.

Adrián sonrió y dio la vuelta de nuevo.

—¿Crees que llegamos? —le preguntó él, inquieto.

Joana le señaló el reloj del coche, que marcaba las 17:28.

—¿Crees que este trasto puede viajar en el tiempo?

56

ADRIÁN Y JOANA llegaron al teatro a toda prisa. Junto a la puerta se encontraba esperando Sonia, que fumaba un cigarro con evidente ansiedad. Su mirada y la de Adrián se toparon frente a frente, y él paró su rápida marcha un instante. Ella se quedó inmóvil con el pitillo en la mano sin saber qué decir, y Adrián entendió que estaba esperando a su novio. Joana subió los escalones de acceso al teatro y, cuando estaba a punto de entrar, se giró hacia su amigo con vehemencia.

—¡Adri!

Adrián la siguió y entraron rápidamente. En el vestíbulo, había una mesa donde la asistente de *casting* se encontraba recogiendo unos papeles.

—Hola, soy Adrián Díaz. Vengo a la prueba —dijo, apresurado.

—Lo siento. Hemos terminado —le contestó ella, rotunda.

Un grupo de actores —entre los que se encontraba Jaime— salieron del auditorio y cruzaron el vestíbulo hacia la puerta de salida.

—Vaya, Adri. Llegas tarde. Qué sorpresa —se burló Jaime con sus maliciosas maneras de siempre.

Él no contestó. Jaime siguió al grupo de actores hacia la calle y se reencontró con su novia. Adrián se quedó embelesado mirando la escena al otro lado del cristal. Sonia tiró el cigarro y se acercó a besar a Jaime, pero él rechazó sus labios y comenzó a caminar con su novia detrás, siguiéndolo a trompicones. Todo le resultaba muy familiar. Joana decidió entonces tomar la iniciativa.

—Yo soy su representante. Joana Álvarez. Teníamos cita para las...

—Llegáis tarde. Ya hemos terminado —la interrumpió la asistente, tajante.

Adrián vio a Ben Maslow abandonar el auditorio y entrar en el aseo del vestíbulo y echó a correr detrás de él sin ni siquiera pensarlo.

—¡Oye! ¡Oye! ¿Adónde vas? —le gritó la asistente, histérica.

—¡Tengo que usar el baño! —contestó él sin mirar atrás.

Adrián entró en el aseo y cerró la puerta tras él. Ben Maslow, que estaba lavándose las manos, levantó la cabeza y le dirigió una mirada de extrañeza a través del espejo.

—Señor Maslow, disculpe. Sé que llego tarde, pero tengo que hacer la audición —le dijo Adrián muy nervioso.

—*C'est fini* —replicó Maslow, extremadamente tranquilo a pesar de lo que podía considerarse prácticamente una intromisión en su intimidad.

—No lo entiende. Tengo que hacerla. Es muy importante para mí —insistió Adrián.

La asistente llamó a la puerta del baño.

—Señor Maslow, ¿va todo bien? —preguntó, preocupada.

—Si es tan importante para ti, ¿por qué *estás* tarde? —cuestionó Maslow con su peculiar castellano.

—¿Le está molestando, señor Maslow? —persistía la asistente.

Adrián se reconoció a sí mismo en una situación que ya parecía estar convirtiéndose en habitual en su vida y se concentró en responder de manera genuina por qué era tan importante para él hacer esa prueba.

—Yo tengo un sueño. Lo he tenido desde que supe que quería ser actor. Mi sueño es trabajar con usted, señor Maslow —dijo con absoluta convicción—. Me he perdido muchas veces. Pero hoy, en este aseo, sé que estoy en el lugar adecuado. Mi sueño ha sido mi brújula. Y me ha traído hasta aquí. Aunque haya llegado una hora después.

La asistente seguía llamando insistentemente. Maslow miró con recelo a Adrián y guardó silencio. Caminó hacia la puerta del baño, la abrió y le dirigió una mirada cargada de autoridad a su asistente.

—¿Le está molestando, señor Maslow? —preguntó ella, muy exaltada.

—Diles que no desmonten aún. Hay que hacer una última audición —ordenó Maslow con aplomo.

—Sí, señor Maslow —asintió ella antes de marcharse diligente y entrar en el auditorio—. ¡Aún no desmontéis! ¡Queda una prueba! —les gritó a los operarios.

Adrián casi no podía creerlo.

—Muchísimas gracias, señor Maslow —le agradeció muy contento.

—¿Dónde está tu... agente? —preguntó el canadiense con frialdad.

Adrián buscó a Joana con la mirada. Ella se había quedado junto a la mesa de la entrada, algo desorientada. Adrián le indicó que se acercase a toda prisa con un sonoro «¡Shh!», y ella se aproximó corriendo.

—Joana Álvarez, Ben Maslow —los presentó, nervioso, Adrián.

—Encantada —dijo ella, algo cortada por primera vez ante la distinguida presencia del director de teatro.

Maslow la miró muy serio, y Adrián dudó por un segundo que fuera a creer que ella era la representante de nadie.

—Está bien. Seguidme —dijo finalmente.

Ben Maslow entró en el auditorio, y él y Joana lo siguieron. Finalmente, Adrián tendría su oportunidad.

57

CUANDO ENTRARON EN el auditorio, Adrián observó el patio de butacas y los palcos maravillado. En el interminable escenario, dos operarios ponían a punto un arnés a ras de suelo. La asistente metía prisa desde abajo.

—¿Os queda mucho?

Maslow se sentó en una de las mullidas butacas junto al pasillo. A su lado, en el corredor central, había una mesita llena de papeles y fotos.

—Vanessa, ayúdame a encontrar el currículum de... —le pidió a su asistente.

—Adrián. Adrián Díaz —le apuntó el nombre Joana con una sonrisa coqueta.

La asistente le dirigió una mirada fulminante a la representante y se acercó veloz a la mesita. Ojeó entre los papeles y enseguida sacó la hoja correcta, que rápidamente entregó a Maslow.

—Aquí está —le dijo antes de acercarse a Adrián para explicarle en qué consistía exactamente la prueba—. Cuando te dé la señal —le indicó—, subes al escenario y los operarios te pondrán el arnés. En cuanto estés arriba del todo, dices el texto.

Adrián no entendía, pero todo eso del arnés lo asustó.

—¿Arriba del todo? —preguntó casi atemorizado.

—Una parte del espectáculo es aéreo. Así que la audición se hace desde una altura de ocho metros. ¿Algún problema? —le preguntó la asistente, desafiante.

Adrián se quedó blanco, pero negó con la cabeza. La asistente subió al escenario con los operarios y él se volvió rápidamente hacia Joana.

—No puedo hacerlo —le confesó—. Me van a colgar por los aires.

—Claro que puedes. Ya has estado escalando.

—No he subido tan alto —dijo él.

—Considéralo la prueba definitiva —lo animó Joana.

—Okey. Ya estamos listos —anunció la asistente.

Pero Adrián no se movió.

—¿Algún problema? —preguntó Maslow muy serio.

—No —contestó la representante con una enorme y fingida sonrisa.

—Sí —dijo Adrián, sincero.

—¿Qué pasa? —preguntó Vanessa de mal humor.

—Nada —trató de tapar Joana.

—Tengo un problema con las alturas —reveló Adrián con franqueza.

—En ese caso, lo sentimos mucho, pero... —dijo la asistente con pretendida empatía, tratando de cerrar el asunto de una vez por todas.

—Espera, Vanessa. Adrián, ¿estás seguro de que quieres dejarlo aquí? —le preguntó Maslow mirándolo directamente a los ojos.

Adrián pensó un instante. Trabajar con él era lo que más deseaba en el mundo. Contar historias que inspirasen a la gente. Historias como las que siempre había presenciado en los espectáculos del director canadiense. Formar parte de ello. Entregar eso al público. Pero el miedo al vacío hacía temblar sus rodillas y, peor aún, incrementaba su ansiedad haciéndole pensar en la inminencia de una posible crisis e imaginar que se atascaría como un disco rayado en medio de la prueba.

Respiró profundamente. Decidió enfrentarse y vencer para siempre ese temor, que parecía ser la barrera más grande que lo separaba de conseguir lo que siempre había deseado. Una barrera que él mismo había construido con sus propios ladrillos.

—Voy a hacerlo. Voy a hacer la prueba —dijo.

Adrián caminó hacia el escenario con decisión y subió a él. La asistente bajó y se sentó junto a Maslow. Joana se quedó a observar de pie desde el pasillo central. Los operarios le ajustaron el arnés a Adrián, y él cerró los ojos y respiró profundamente. Le preguntaron si estaba listo justo antes de dar la señal para ascenderlo, y Adrián sintió cómo sus pies se separaban del suelo. Parecía que su corazón iba a salírsele del pecho con cada metro que subía hasta que advirtió que el movimiento cesó e intuyó el gran vacío de ocho metros bajo sus pies.

Sentía sus manos temblar descontroladamente y trató, desesperado, de hacerlas parar. Siguió concentrándose en su respiración y pudo oír la voz de Julia en su mente con absoluta claridad: «No hay lugar. Solo hay aquí. No hay tiempo. Solo hay ahora». Inspiró profundamente y sus articulaciones se relajaron de repente. Todo estaba bien.

—¿Estás preparado? ¡Cuando quieras! —le gritó Vanessa desde abajo.

Adrián abrió los ojos y se imaginó un teatro abarrotado por un público expectante, que aguardaba sus palabras en completo silencio. Él sonrió internamente. Para su audición, tenía que elegir un texto que tratara sobre los sueños y él había escogido un bello fragmento de *La tempestad,* de William Shakespeare, que recitó, inspirado.

Nuestra fiesta ha terminado. Los actores,
como ya dije, eran espíritus
y se han disuelto en aire, en aire leve,
y, cual la obra sin cimientos de esta fantasía,
las torres con sus nubes, los regios palacios,
los templos solemnes, el inmenso mundo
y cuantos lo hereden, todo se disipará
e, igual que se ha esfumado mi etérea función,

no quedará ni polvo. Somos de la misma
sustancia que los sueños, y nuestra breve vida
culmina en un dormir.

Adrián expresó con sutileza cada palabra. Con la fuerza y el sentimiento necesarios. Maslow observó su audición con atención y, tan pronto como acabó, le dio las gracias muy serio y los operarios lo bajaron y le quitaron el arnés.

—Tu trabajo ha sido muy correcto.

—Gracias —sonrió Adrián con agradecimiento.

—No era un cumplido.

Adrián se puso muy nervioso. Parecía que su interpretación no había «tocado» a Maslow lo suficiente.

—Dime una cosa... —dijo el director antes de que Adrián abandonara el escenario— ¿qué es lo que te gusta tanto de actuar?

—¿Perdone? —preguntó él confuso, no muy seguro de comprender.

—¿Por qué eres actor, Adrián?

La pregunta lo pilló por sorpresa. Meditó unos instantes la cuestión antes de responder.

—No sé... Cuando interpreto a un personaje, mis preocupaciones y mis miedos me abandonan y entonces me siento libre y muy ligero. Y siento que puedo ser ese otro yo: Hamlet, Puck, Ricardo III o quien sea... Y, no sé, luego están los otros... —dijo, dirigiendo su mirada al patio de butacas—. Hay una conexión. Es como... si los tocara —continuó, reflexivo, y paró un momento antes de proseguir—.

Verá: siempre que estoy sobre un escenario pienso en el hecho de que personas que no se conocen se sienten juntas a escuchar una historia en un teatro a oscuras. Esas personas, que hasta ese momento nunca se habían visto, y yo respiramos entonces el mismo aire. Y algo mágico ocurre. No sé... hay una conexión. No sabría expresarlo de otra forma. Porque siento que mis palabras acarician sus almas y que sus sonrisas... o su emoción... acarician la mía. Y entonces estoy seguro de que soy más que solo este cuerpo y esta voz y me siento un poco parte del cuerpo y de la voz de todos y cada uno de los que hay en la sala.

Maslow le dirigió una sutil sonrisa y se quedó mirándolo en silencio unos instantes antes de volver a hablar.

—Muchas gracias, Adrián —lo despidió con profundo respeto.

Adrián bajó del escenario. Pasara lo que pasase, estaba satisfecho. Había dado lo mejor de sí mismo.

58

DIARIO DE UN TOC

CAMBIAR EL ENFOQUE

«Lo que resistes, persiste.»

CARL JUNG

«En los momentos de ansiedad, no tratéis de razonar, pues vuestro razonamiento se volverá contra vosotros.»

ALAIN

Hace poco tuve problemas conduciendo. Me obsesioné con que había atropellado a alguien a pesar de que estaba seguro de que no era verdad. Pero, en lugar de confiar en mí, me resistí a la obsesión, traté de razonar con ella y así fue como acabé perdiendo la batalla, lo cual estuvo a punto de ocasionar que se malograse una de las mayores oportunidades que he tenido en toda mi vida.

Aprendí entonces que no es buena idea «resistirse» a las obsesiones y mucho menos razonar con ellas, pues ejerciendo esa resistencia se les da más poder. La máxima: «Lo que resistes, persiste» nunca fue tan certera como cuando la usamos para explicar la perpetuación de las obsesiones.

Una de las cosas más valiosas que he aprendido con respecto a este tema es que las obsesiones son egodistónicas. Esto quiere decir que son lo más opuesto a mi carácter. O sea, que tengo estos pensamientos precisamente porque no quiero tenerlos porque suponen ética y moralmente todo lo contrario a mí y como resultado de todo ello los percibo como una amenaza y, por eso, mi cerebro los clasifica como importantes. He aprendido, en consecuencia, que yo no soy mis pensamientos. Y que pensar algo horrible no me hace una persona horrible. Que puedo aceptar que tengo obsesiones —de hecho, todo el mundo las tiene en mayor o menor medida—, sin tener por qué sufrir por el contenido de estas.

Como una nube gris que pasa sobre nuestras cabezas. No puedes resistirte a ella, ¿verdad? Simplemente la miras y si llueve, sacas el paraguas o, en el peor de los casos, aguantas el chaparrón. Lo mismo con las obsesiones.

Resistirme a ellas las hace más poderosas. Sin embargo, reforzando mi propia estima, mi interna sensación de calma y mi conexión conmigo mismo, me estoy dando más poder a mí. En lugar de poner el foco en ellas, lo pongo en mí. Así, me doy cuenta de que poco a poco aparecen cada vez menos y gradualmente con menos fuerza.

No pretendo deciros cómo obrar cuando aparecen esos oscuros pensamientos o cómo acabar con ellos. Cada uno es un mundo. Cada mente es un mundo. Y estoy seguro de que vuestro terapeuta o psicólogo puede enseñaros muy buenas herramientas para lograr ese fin tan deseado.

Pero sí puedo afirmar que discurrir racionalmente con ese tipo de pensamientos no es la forma de vencerlos. Eso lo sé con certeza. Y en el fondo, vosotros también. Porque sabéis que vuestras obsesiones no tienen ningún sentido. Sabéis que repitáis o no repitáis la frase, os lavéis otra vez las manos o no, de eso no depende el futuro de la humanidad ni el de vuestra familia. Pero sí podéis estar seguros de algo: de la decisión que toméis en cada momento y del modo en que os enfrentéis a cada oscura obsesión que se cruce en vuestra mente sí dependerá vuestro propio presente.

Publicado por Adrián a las 08:28. 1 comentario: ✉ ✎

SweetOfelia dijo... Adri, el otro día me metí a buscar información en la red sobre trastorno obsesivo-compulsivo y me encontré con tu blog. Solo quiero decirte que, aunque ya no estemos juntos, te admiro mucho y te mando mucho ánimo.
Espero que te saliera bien el *casting*.
Un abrazo,
Sonia

59

SONÓ EL TELÉFONO en casa de Julia, y ella descolgó presurosa con la esperanza de que fuera Anna quien llamaba.

—¿Sí?

La llamaba, sin embargo, alguien bien diferente. Julia finalmente había decidido organizar una exposición con los cuadros de Oliver, tal como estaba segura de que él hubiera querido, y se ponían en contacto con ella desde una sala de exposiciones donde estaban interesados en sus pinturas.

—Sí. Entonces, ¿estará todo listo para...? Okey, las veinte. ¿Tres años? —preguntó con estupor.

Esto supuso una gran sorpresa que descolocó completamente a Julia. Le pedían las pinturas de Oliver para tres años. Si accedía, tendría que separarse durante todo ese tiempo de lo que la hacía sentir más cerca a su hijo. Julia guardó silencio unos segundos.

—Sí, sí, estoy aquí. Tres años... Adelante.

60

JOANA Y ADRIÁN corrían de un lado a otro atendiendo las numerosas mesas. Estela hacía cafés sin descanso tras la barra. Al parecer, las originales *pizzas* de Dumitru se habían convertido en la nueva sensación de Madrid, ahuyentando el fantasma del cierre del restaurante. El móvil de Adrián, que estaba junto a la cafetera, comenzó a emitir su insistente melodía. Enseguida, Estela alcanzó el aparato y estiró el brazo hacia arriba.

—¡Adrián! —le gritó mientras lo agitaba con grandes aspavientos.

Él terminó de servir unos platos y corrió hacia ella.

—¿Sí? —contestó rápidamente al teléfono.

Joana le dejó un plato a un comensal y se aproximó a Adrián a toda prisa. El cliente miró la comida con extrañeza y trató de llamar la atención de la camarera para que se llevara el plato equivocado. Pero Joana ya estaba junto a su amigo, con su atención centrada exclusivamente en su relevante conversación telefónica.

—Sí. Okey. Sí, sí. No, no. Por supuesto —le decía Adrián a su interlocutor muy educadamente y con absoluta contención—. Pues gracias —dijo finalmente, y colgó.

Estela y Joana miraban a Adrián con los ojos como platos, esperando una descripción completa de la conversación.

—Hazme dos capuchinos para la quince —le pidió él muy serio a Estela.

—Pero ¿qué ha pasado? —preguntó ella, temiéndose lo peor.

—¿Qué carajo te han dicho? —inquirió Joana, nerviosa.

Adrián guardó un silencio tras el que exhibió una emocionada sonrisa.

—Me han dado el papel —confesó casi sin poder creérselo, y se le llenaron los ojos de lágrimas.

Sus amigas explotaron de alegría. Estela salió de detrás de la barra y le dio un fuerte abrazo.

—Lo sabía —dijo Joana, achuchándolo con cariño.

Mientras tanto, el cliente se había levantado con el plato en la mano de muy mal humor.

—¡Esto no es mío! ¡Camarera! —gritaba.

—¿Lo has conseguido? ¡Felicidades! —le dijo Román, que se acercó desde su área al escuchar la buena nueva.

El mexicano estrechó a Adrián entre sus brazos con júbilo. Este recibía las felicitaciones de sus amigos con una intensa emoción, consciente de que su sueño más profundo, el sueño por el que tanto había luchado, se haría por fin realidad.

Entre las muestras de entusiasmo y regocijo, el cliente continuaba quejándose, aunque era absolutamente ignorado por todos.

—¡Yo no había pedido esto! Señorita, ¿me oye? ¡Señorita!

61

Adriestatocado: Hay alguien en la sala?

Adriestatocado: Eoooo!!

Tocadadelala *ha entrado en la sala.*

Tocadadelala: Adri!! Cuánto tiempo!! Te he seguido en el blog. Pero llevaba mucho sin verte por aquí.

Adriestatocado: Llevaba mucho sin entrar... ¿Cómo estás?

Tocadadelala: Adri, sentí mucho no ir a tu función. Tuve una pequeña crisis y estuve desinfectando mi casa...

Adriestatocado: No te preocupes. Y ¿ahora cómo estás?

Tocadadelala: Pues mejor. Enfrentándome con los microbios. Llevo tres días sin limpiar el teclado. Tu blog me inspiró, la verdad.

Adriestatocado: Vaya, gracias...

Tocadadelala: En serio. Estoy trabajando la *exposición* con mi terapeuta desde hace unas semanas y ya voy viendo resultados.

Adriestatocado: Cuánto me alegro!

Tocadadelala: :-)

Tocadadelala: Bueno... Y tú ¿cómo vas?

Tocadoyhundido *ha entrado en la sala.*

Tocadoyhundido: ¡¡¡Buenos días, chicos!!!

Tocadadelala: Hola, Jon!!

Adriestatocado: Buenos días, Jon.

Tocadoyhundido: Qué se cuece por aquí? Ya estás con el fluflú en las manos, Bea?

Tocadadelala: No, para tu información, aún no me he lavado hoy. Estoy acostumbrándome a vivir con microbios a ratitos, jijiji.

Toctoc31 *ha entrado en la sala.*

Tocadoyhundido: Por cierto, Adri, disculpa que no fuera a tu obra. Me tocó quedarme despierto toda la noche corrigiendo exámenes.

Toctoc31: Yo tampoco fui. No fue mi mejor día. O_O

Adriestatocado: No pasa nada, chicos. Lo entiendo. Ya habrá otra ocasión.

Tocadadelala: Ah, sí? Cuándo?

Tocadoyhundido: Oye, Bea, más te vale acostumbrarte a los microbios. Están por todas partes...

Tocadadelala: Ya... :-(

Tocadoyhundido: Enhorabuena, Adri!! Ole por ti!!

Tocadadelala: Las tildes, Jon! Que está Carlos en la sala!!

Tocadadelala: Carlos! No dices nada?

Toctoc31: Es que estoy intentando que no me importe... El mundo no se acaba porque falte una tilde.

Tocadadelala: Wauuuuuu!! De verdad?

Tocadadelala: OLE OLE OLE OLE OLE OLE OLE OLE OLE OLE!!!

Tocadoyhundido: Qué mala, jajaja.

Toctoc31: Estoy practicando con mi psicólogo EPR.

Tocadadelala: Qué bien!

Tocadoyhundido: EPR??

Toctoc31: Exposición con Prevención de Respuesta. Y luego por mi cuenta autoexposición a saco.

Tocadadelala: Olé, valiente!!

Adriestatocado: Enfrentándote al dragón, así me gusta... :-)

Toctoc31: Tengo que darte las gracias, Adri. Leer tu blog me ha ayudado muchísimo.

Adriestatocado: Gracias a vosotros por seguirme.

Tocadadelala: Bueno, Adri, pero ¿cómo te va? ¿Cuándo tendremos otra oportunidad para verte actuar?

Adriestatocado: Pues pronto.

Tocadoyhundido: Y eso?

Adriestatocado: Tengo que contaros buenas noticias...

Tocadadelala: ...?

Adriestatocado: Mi director favorito del mundo mundial me ha cogido para un espectáculo!!

Tocadadelala: Felicidades!!!

Toctoc31: Qué guay! Felicidades, Adri!

Tocadoyhundido: Enhorabuena!! «Tocados» al poder!!

Adriestatocado: Jejeje, gracias, chicos.

Adriestatocado: La cosa es que la obra no se montará en Madrid, sino en Canadá, y estará de gira dos años por el mundo. Así que la próxima vez que charlemos estaremos bastante lejos.

Tocadadelala: Vaya... O_O

Toctoc31: Sabes si vendréis a Madrid?

Toctoc31: Si venís, vamos todos a verte. Eso molaría, verdad??

Adriestatocado: Sí, estaría genial.
Toctoc31: Con las rosas amarillas como acordamos.
Tocadoyhundido: Mucha suerte, Adri! Te vamos a echar de menos.
Adriestatocado: No me vais a echar de menos, porque seguiremos hablando igual, jajaja.
Adriestatocado: Y además, espero que sigáis leyendo el blog. Me queda mucho por contar.
Tocadadelala: :-(Ainsss... No sé por qué me da tanta pena...
Adriestatocado: No seas tonta, seguiremos hablando por aquí como siempre.
Tocadoyhundido: Me alegro mucho por ti, Adri. Has conseguido tu sueño.
Adriestatocado: Gracias, Jon.
Toctoc31: Pues a por ello, Adri!
Adriestatocado: A por ello.
Tocadadelala: Mucha suerte, querido Adri!!!
Adriestatocado: Muchas gracias, Bea! :-)

62

JULIA ESTABA SENTADA en su sillón. Adrián se encontraba de pie, explicándole todo lo ocurrido en los últimos días con grandes gestos y un incontenible entusiasmo.

—Y me subieron muy alto... Estaba como a ocho metros de altura y tuve que decir mi texto suspendido en el aire. Tenía que haberme visto. Fue increíble.

Julia sonrió, se levantó muy tranquila, sacó del cajón su libro y se lo dio a Adrián.

—Y ¿esto? —dijo él cogiendo el volumen de *Tú tienes la llave* que Julia se había guardado en aquella primera sesión.

—El libro. Ya estás listo —dijo ella muy sosegada.

Adrián entendió lo que eso significaba y de repente no parecía muy contento. Bajó la mirada y asumió su nueva situación, y todo lo que esta implicaba, con resignada aceptación. Su semblante se había puesto súbitamente muy serio.

—Me voy a Canadá la semana que viene. El espectáculo se va a montar allí. Y luego estará de gira dos años. Mañana me van a hacer una fiesta de despedida en el restaurante. Me gustaría mucho que viniera —le dijo Adrián.

Julia no contestó.

—¿Vendrá? —preguntó él con una tímida ilusión.

—No creo que sea una buena...

—Prométame que lo pensará —la interrumpió.

Julia asintió y le regaló una amorosa sonrisa.

—Felicidades, Adrián.

—Gracias, Julia.

63

DIARIO DE UN TOC

POR FIN LA PAZ (CONSEJOS PARA LA PAZ INTERIOR)

«Nada te puede traer paz más que tú mismo.»

Ralph Waldo Emerson

El otro día tuve la última cita con mi psicóloga. Coincidiendo con la obtención del papel en la próxima obra del director de teatro Ben Maslow (*Dreams*), que me llevará alrededor del mundo por un tiempo, mi terapeuta me dio el alta. Tuve sentimientos encontrados. Me sentí feliz y orgulloso de mí mismo. Pero también sentí una profunda tristeza por dejar de ver a alguien que ha sido tan importante para mí durante todo este tiempo.

Por la noche, tras mi turno en el restaurante, caminaba bajo la luz de la luna mientras buscaba una canción que escuchar en el móvil. Me encanta caminar mientras escucho música a través de mis auriculares. Saqué estos del bolsillo de mis vaqueros y le di al *play*. Caminé y caminé con el bellísimo tema principal de la maravillosa película *Expiación* de fondo. Mientras la música penetraba en mí, yo observaba a cada persona con la que me cruzaba. La vida me rodeaba. Y yo estaba absolutamente anclado en ella. De pronto, una sensación de conmovedora satisfacción me inundó. Y me di cuenta de lo que pasaba.

Por fin, no había obsesiones, no tenía la necesidad de pensar en nada ni de repetir compulsivamente ningún ritual mental. Solo estaba viviendo. Conectado con el presente. ¡Dios mío, qué paz tan maravillosa! Era un sentimiento tan desconocido para mí... Podría definirlo como un estado de conexión contigo mismo y con lo que te rodea absolutamente ausente de juicios y de miedos.

Tan pronto como terminaba la canción volvía a darle al *play*. Observaba los tejados de las casas, la gente tomando cervezas en las terrazas, las parejas de enamorados, los «relaciones públicas» de los locales del barrio tratando de convencer a los numerosos grupos de guiris que atestaban la calle de que entraran en el bar de turno... Todo me pareció maravilloso. Era como si durante esos minutos, por primera vez en muchos años, mi TOC se hubiera tomado unas completas vacaciones. Y lo que hasta ahora había sido una sensación efímera de apenas unos segundos en alguna ocasión, se convirtió aquella noche en todo un paseo de quince minutos sin ningún tipo de obsesión ni preocupación.

Este es, sin duda, un signo inequívoco de que voy por buen camino en mi búsqueda de la paz interior.

Por eso, me gustaría compartir con vosotros los pequeños consejos que trato de seguir para alcanzarla. Son acciones muy sencillas, pero que, repetidas y convertidas en hábitos, tienen el poder de cambiar la existencia de una persona al igual que la constancia de un arroyo que fluye sobre su propio caudal tiene el poder, con el paso del tiempo, de pulir las rocas. Son recomendables para todo el mundo, aunque, qué duda cabe, para nosotros, los «tocados», tienen un valor añadido.

Obviamente, estas recomendaciones no implican dejar la terapia que estés llevando a cabo con tu psicólogo ni abandonar el tratamiento farmacológico (si ese es tu caso). Aunque por sí solas tienen un inmenso poder, son medidas complementarias a lo que ya estés haciendo con tu terapeuta.

1* Conéctate con las maravillas de la naturaleza, aunque sea en un parque cercano de tu ciudad. Observa la inconmensurable belleza de un simple árbol.

2* Conéctate con la humanidad de la gente que hay a tu alrededor. Trata de observarla sin juicios. Está tan perdida como tú. Y también es capaz, como tú, de las más grandes hazañas.

3* Conecta contigo mismo. Intenta meditar de vez en cuando en un rincón ventilado y tranquilo de tu hogar. Cierra los ojos y respira, tratando de dejar que los pensamientos pasen como si fueran nubes tras las que se esconde el firmamento más bello y tranquilo que hubieras presenciado jamás.

4* Trata de parar en tu día a día regularmente para dedicar unos instantes a respirar profundamente. Si puedes, además, cierra los ojos. Si no, respira mientras observas las maravillas del universo a tu alrededor. Aunque el sitio donde vivas no sea el paraíso, hay pequeños milagros por descubrir muy cerca de ti. Una flor abriéndose, un pájaro polinizándola, el cielo azul o una brillante estrella.

5* Tómate «vacaciones conscientes» de tus preocupaciones. De vez en cuando, negocia contigo mismo espacios libres de obsesiones, preocupaciones y miedos, como los «espacios libres de humos» en los aeropuertos cuando todavía se permitía fumar. Eso no quiere decir que no seas consciente de que están ahí, pero es como si les dijeras: «Durante este momento —que puede ser para empezar un par de minutos para después ir subiendo paulatinamente— os voy a dejar fuera de mi mente porque este momento es para mí y solo para mí. Si no me molestáis durante mi momento, cuando acabe volveré con vosotras». Lo cierto es que cuando tomas estas «minivacaciones» y vuelves a tus obsesiones, no suelen ser tan fuertes como cuando las aparcaste, y, con el tiempo y la práctica constante, tienden a debilitarse y a aparecer cada vez más espaciadamente.

6* Conéctate con tu tarea con absoluta pasión. Entrégate cien por cien a lo que haces en el momento presente. Esta práctica es, en sí misma, una especie de meditación y probablemente una de las más poderosas que puedes llevar a cabo. Como dice el sabio, «Cuando comas, come; cuando duermas, duerme. Haz cada cosa como si fuera única porque es única».

7* Escribe sobre tu proceso, sobre tus preocupaciones y obsesiones. A menudo, escribir sobre ello nos ayuda a ver lo irracionales que son nuestras obsesiones en la mayoría de los casos y nos hace ser más fuertes la próxima vez que llamen a la puerta para no salir a abrir. Puede ser un diario personal, un blog, un cuaderno de notas, hojas de papel sueltas o servilletas. Puedes escribir y después tirarlo. Pero te recomiendo guardar lo que escribas, pues podría serte de gran ayuda en el futuro. Cuando he tenido épocas malas recientemente, me ha ayudado mucho releer entradas antiguas de mi blog y he podido, así, apreciar y celebrar mi evolución, aun cuando no estaba en mis mejores días. Si además de escribirlo lo compartes con otros, no solo podrá ayudarte a ti, sino también a los muchos «tocados» que estén pasando exactamente por lo mismo que tú.

Por favor, escribid en comentarios si hay alguna medida que sigáis vosotros en vuestra búsqueda de la paz interior, sobre todo si no está en esta lista. Puede ayudar a otros.

Gracias. Y paz (interior) para todos.

Publicado por Adrián a las 04:57. 3 comentarios: ✉ ✎

Tocadadelala dijo... Muy chulos tus consejos, Adri. Yo añadiría uno más del que has hablado en otras ocasiones: la aceptación. Como dice aquella oración: «Dios mío, humildemente te pido serenidad para aceptar lo que no puedo cambiar; valor para cambiar lo que puedo y debo cambiar; y sabiduría para saber distinguir lo uno de lo otro...». A mí, discernir la diferencia y actuar en consecuencia me suele ayudar a alcanzar la paz interior. He dicho.

Toctoc31 dijo... ¡¡Buen consejo, Bea!! El consejo número 9 creo que sería el perdón. No concibo la paz interior sin haber perdonado. El perdón libera tanto a la persona que lo concede como a la que lo recibe, por lo que sus efectos se duplican cuando uno lo practica con uno mismo. Además, te libera de las cadenas del pasado conectándote (usando las palabras de Adri) con el momento presente, y la verdadera libertad siempre lleva a la paz interior.

Tocadoyhundido dijo... Muy completo el post, Adrián! Y geniales los comentarios, chicos!! He tenido que darle muchas vueltas, pero yo añadiría que un punto clave para alcanzar la paz interior (el número 10) es la gratitud. Entrenarte en apreciar lo que tienes y en dar las gracias por cada pequeño regalo que recibes diariamente ayuda a valorar cada uno de los milagros que componen nuestra vida. Y eso es, sin duda, un camino directo a la paz interior, ¿no?

64

JULIA OBSERVABA LLORANDO el cuadro de Teseo en su despacho. Lo descolgó cuidadosamente. Lo envolvió en plástico de burbujas y lo aseguró con cinta de precintar. Cogió el pesado paquete y lo llevó al vestíbulo, donde casi una veintena de bultos semejantes de diferentes tamaños aguardaban apoyados contra la pared.

Ella se quedó mirándolos todos mientras se secaba las abundantes lágrimas de sus mejillas con las yemas de los dedos. Finalmente, se acercó al teléfono y marcó el número de su hija.

—Hola. Sí, sí, estoy bien. Escucha, ¿puedes venir a acompañarme a un sitio? Si estás libre... —La respuesta al otro lado no se hizo esperar, y Julia contestó con un susurro antes de colgar el teléfono—. Ok. Hasta ahora.

Esa llamada pareció tranquilizarla un poco y Julia subió a darse un baño.

Una hora después, llegó Anna. Observó los paquetes casi incrédula. Julia bajó al vestíbulo, ya preparada para salir.

—Hola —saludó a su hija.

—¿Estás segura, mamá? —preguntó Anna, que comprendía perfectamente lo que aquello suponía.

Julia asintió con la cabeza. Metieron entre ambas los bultos más grandes en el enorme maletero del coche de Anna con sumo cuidado. Los más pequeños los colocaron en el asiento de atrás y arrancaron en mitad de la noche.

Julia, de copiloto, observaba la estampa nocturna de la ciudad a través de la ventanilla, en completo silencio, hasta que llegaron a la puerta de la galería de arte. Allí, dos empleados de aspecto robusto salieron a descargar los paquetes del vehículo. Media hora después, ya estaban emplazando las telas en las blancas paredes de la galería, y Anna y Julia se cercioraban de que cada cuadro estaba colocado con mimo y cuidado. No tardaron mucho tiempo en colgarlos todos. Una mujer de mediana edad con un *look* muy moderno y el pelo teñido de blanco nuclear se acercó a ellas.

—Finalmente, la exposición se abrirá el martes y estará aquí un mes —les explicó—. Nuestra galería tiene acuerdos con otras pinacotecas en Estados Unidos y Japón, que se han mostrado muy interesadas por el peculiar estilo de las pinturas. Y por exponer a un artista joven de forma póstuma —contempló sin ninguna delicadeza—. Si firma aquí —se dirigió a Julia—, los cuadros viajarán después a Asia y América, donde estarán tres años de gira. Todo lo tiene en el contrato.

Julia miró a Anna antes de coger el bolígrafo. Dudó un segundo, pero finalmente firmó todas las hojas, y la galerista se marchó deprisa con el contrato en la mano.

Julia y Anna, emocionadas, una junto a la otra, observaban los cuadros de Oliver expuestos en las paredes antes desnudas de la galería. Anna tendió un dedito tímido a la mano de Julia, y esta respondió agarrando su mano con mucha fuerza y apoyando, por fin, su cabeza en el hombro de su hija con cariño.

65

TODO EL PERSONAL del restaurante se encontraba celebrando la gran fiesta de despedida para Adrián. El ambiente no podía ser más feliz y jovial. Sonaba una animada música latina y se servían mojitos y caipiriñas. Estaban Margarita, la voluntaria del hospital, y casi toda la plantilla del restaurante.

—Me he enterado de que a Víctor le han dado el alta —le contó Margarita a Adrián gritando por encima de la música.

—¡Qué bien! —exclamó él.

—Abida va a echarte de menos —le confesó ella a modo de despedida.

—Tendrás que aprender a cantar, Margarita —le dijo Adrián con simpatía.

—Tú sabes que no será lo mismo —bromeó ella.

—Dale muchos mimos de mi parte —le pidió él, serio.

Joana, Estela, Román y Dumitru se acercaron, y todo el grupo brindó por un porvenir prometedor para todos y por la supervivencia de su amistad. Alguien entró en el local, y Adrián dirigió la mirada hacia la puerta, expectante. Eran Abdul y Kamal. Aunque sonrió, alegre de verlos, un intenso sentimiento de decepción lo invadió.

Adrián salió a la calle a tomar el aire. A pesar de toda la felicidad que se respiraba en aquella fiesta, él estaba algo pesaroso. Unos instantes más tarde, salió Joana y le ofreció un vaso de vino.

—La echas de menos, ¿no? —le preguntó ella, conociendo perfectamente la respuesta.

—Pensé que vendría —le confesó Adrián.

—No la culpo. A nadie le gusta decir adiós —le dijo Joana.

Él bebió en silencio.

—Te voy a echar mucho de menos, españolito —le reveló ella, emocionada.

Adrián le puso un brazo por encima del hombro, cariñoso.

—Creo que no te lo he dicho. Pero gracias —le dijo él de corazón.

Joana lo miró con infinito cariño y se abrazaron largamente.

66

ERAN SOBRE LAS seis de la tarde del sábado cuando Adrián llamó al timbre de Julia por última vez. Fue Anna quien abrió la puerta.

—Hola. ¿Está Julia? —preguntó Adrián.

—No. Ha tenido que salir —contestó ella.

—Vaya... —se le escapó a Adrián, decepcionado.

—¿Quieres que le dé algún recado? —le preguntó Anna.

Adrián fue hacia al coche de Estela, donde estaban metidos todos sus amigos, que lo acompañaban al aeropuerto. Volvió unos segundos después con una hoja de papel y un rotulador. Escribió, dobló la nota varias veces y se la dio a Anna.

—Muchas gracias —le dijo él.

—No te preocupes.

Adrián se marchó hacia el coche. Era consciente

de que iban con el tiempo justo. Todavía tenían que llegar a la terminal y facturar el equipaje antes de dedicar un tiempo más que considerable a los achuchones, besos y abrazos de despedida, pues tendría que decirles adiós no solo a sus amigos, sino también a su familia, que había viajado desde el pueblo para despedirse de él.

—Adrián... —lo llamó Anna.

Él se dio la vuelta justo cuando estaba a punto de meterse en el coche.

—Suerte —le deseó con sinceridad.

Adrián asintió, se metió en el coche, y Estela pisó el acelerador en dirección al aeropuerto.

Anna cerró la puerta. Julia se le acercó en silencio y tomó el papel de manos de su hija. Lo abrió cuidadosamente y pudo leer la anotación que Adrián había escrito con grandes letras mayúsculas: «GRACIAS POR SALVARME LA VIDA».

67

LA FAMILIA DE Adrián lo esperaba frente a la puerta de embarque. Él, muy emocionado, se abrazó fuertemente a su madre y a su padre.

—Os quiero —les dijo a los dos.

Después hizo lo propio con sus hermanas, su cuñado y su pequeña sobrina, a la que, tras dar un delicado abrazo, besó, muy amoroso, en la frente.

Adrián trató de calmar a su madre, que comenzó a llorar, antes de girarse para despedirse de sus amigos: Román, Dumitru, Estela y, por supuesto, Joana. Ambos se miraron a los ojos, y ella le dio un beso muy tierno en la mejilla antes de echarse a llorar.

—No llores tú también, por favor... —le susurró él.

—No, si es de alegría porque ya nos libramos de ti —bromeó ella, tratando inútilmente de mantener su imagen de chica dura.

Adrián, visiblemente conmovido, cruzó la línea de los controles despidiéndose de todos con la palma de la mano mientras se dirigía a su puerta de embarque. Cada vez se alejaba más y los veía más difícilmente entre la multitud.

Poco después, Adrián ya estaba sentado en el avión. Por delante lo esperaban un vuelo —con escala en Nueva York— de más de veinte horas y muchas experiencias por vivir. Sobre todo lo esperaba la vida. La incierta vida.

Cargado de emociones, sacó el volumen de *Tú tienes la llave* de su equipaje de mano y lo abrió justo cuando el avión se disponía a despegar. En la primera página encontró la dedicatoria que Julia le había escrito: «PARA ADRIÁN, PARA QUE TENGAS SIEMPRE LA TENACIDAD SUFICIENTE PARA SEGUIR TU PASIÓN Y TOCAR ASÍ EL CORAZÓN DE LOS DEMÁS. JULIA».

Le llegó directamente al alma. Al otro lado de la ventanilla, Madrid se hacía cada vez más diminuto y el cielo azul cada vez más inmenso.

68

DIARIO DE UN TOC

LA LLAVE

> «El verdadero combate empieza cuando uno debe luchar contra una parte de sí mismo. Pero uno solo se convierte en un hombre cuando supera estos combates.»
>
> André Malraux

Es harto complicado hallar la clave de un complejo enigma, la respuesta de un intrincado acertijo, la salida de un vasto laberinto. Sobre todo cuando te has acostumbrado tanto a vivir en él que encontrarte con la libertad de fuera incluso te da vértigo.

Me tomó mucho tiempo, pero al final conseguí aprender

que quien ha construido una puerta y un cerrojo también ha hecho una llave.

Entre otras muchas cosas, Julia me enseñó a no usar mi trastorno como una excusa, sino como un escalón. Y eso es lo que hice.

Creo que todos seríamos más felices si encontrásemos esa llave de la que Julia hablaba en su libro. Yo al menos soy feliz de haber encontrado la mía. Pero no lo hice solo. Alguien apareció en mi vida y me «tocó» como nadie antes lo había hecho.

Y me enseñó que si aprendes a cambiar tus pensamientos, puedes cambiar tus hábitos; si cambias tus hábitos podrás cambiar tu carácter; y que si cambias tu carácter, sin duda alguna llegarás a cambiar tu destino.

Un regidor de nacionalidad británica se acercó a la puerta abierta del camerino e informó a Adrián de que ya estaban dando el aviso de tres minutos para el comienzo de la función.

—*Three minute call* —le dijo con su marcado acento de Mánchester.

—*Thank you, Tom* —asintió Adrián muy tranquilo.

Presionó el botón de «Publicar», cerró el portátil, se levantó y se acercó al espejo. Estaba particularmente nervioso esa noche. Había pasado casi un año y medio desde que se subió a aquel avión rumbo a Canadá y aquella sería la función que inauguraría la gira europea de *DREAMS*, precisamente en Madrid. El espectáculo llegaba precedido por unas críticas excelentes y todas las localidades estaban vendidas.

Se miró a los ojos y se susurró el mantra: «Eres suficiente, eres valioso, eres perfecto» con una sonrisa.

Salió del camerino y se quedó entre bambalinas mirando el escenario sutilmente iluminado. Fuera se oía el cálido rumor del público. Dieron por megafonía el aviso de un minuto para el comienzo de la función y el regidor comprobó que Adrián estaba en su sitio, listo para empezar el espectáculo.

Esta vez no faltaban las rosas amarillas entre el público. Bea, Jon y Carlos no solo habían acudido puntuales a la cita con las flores acordadas entre las manos, sino que habían comprado cada uno nada menos que dos docenas de ellas. Coincidieron en la puerta con las manos ocupadas por los grandes y olorosos ramos y se regocijaron de conocerse por fin cara a cara gracias a la feliz ocasión. Antes de entrar en la sala, repartieron aleatoriamente las rosas amarillas entre los espectadores que se disponían a ocupar sus asientos. Poco antes de que empezara la función, estaban ya acomodados en sus respectivas butacas, expectantes por ver a Adrián por fin sobre el escenario y muy satisfechos de que el patio de butacas estuviera salpicado por decenas de las «flores de los "tocados"».

La madre de Adrián había recibido a la entrada una de las rosas. Por supuesto, estaba la familia al completo, que había viajado desde el pueblo para asistir al importante evento. Llevaban sin verlo en persona desde que se marchó, aunque habían mantenido regulares e interminables charlas con él a través de Skype.

Otra de las flores amarillas había ido a parar a las manos de Joana, quien se la pasó a Estela, que no dejaba de inspirar su aroma. Ambas habían pedido la noche libre en el restaurante semanas antes. El resto de sus amigos tenían que sacar adelante el turno de la noche en el, ahora, concurrido local, pero ellas no podían perderse el acontecimiento y habían convenido con los demás acudir en nombre de todos.

Sonia también estaba entre el público y sostenía entre sus dedos juguetones una de las rosas, muy atenta ante el comienzo del espectáculo. Su intenso pasado con Adrián se había transformado en un profundo cariño y en una sincera admiración hacia su persona.

Y el destino quiso que otra de las rosas amarillas fuera entregada a Julia, que estaba sentada en una butaca del fondo, flanqueada por Arnau y Anna. Julia había sido nombrada recientemente directora de un organismo nacional que se encargaba de vigilar la presencia del trastorno obsesivo-compulsivo en institutos de enseñanza secundaria de todo el país y de asesorar y tratar a los posibles pacientes cuando se diera el caso. Además, estaba a punto de publicar un nuevo libro, prácticamente autobiográfico, en el que hablaba sobre cómo superar el duelo por el suicidio de un ser querido. Estaba feliz de poder ser testigo de ese momento en la vida de un paciente que había sido tan especial para ella.

Adrián cerró los ojos e inspiró profundamente.

—No hay lugar, solo hay aquí; no hay tiempo, solo hay ahora —se dijo mentalmente.

Poco a poco, se fueron apagando los sonidos de alrededor: el cuchicheo del público, el suave alboroto de los técnicos entre bambalinas... y se hizo el más absoluto de los silencios. Entonces abrió los ojos completamente conectado con su misión, totalmente anclado en ese momento.

Entre las potentes luces del escenario, su figura se fundió por completo.

Llaves

«Nuestro miedo más profundo no es que seamos inadecuados. Nuestro miedo más profundo es que somos poderosos sin límite. Es nuestra luz, no nuestra oscuridad, lo que más nos asusta. Nos preguntamos: ¿quién soy yo para ser brillante, bello, talentoso y fabuloso? Pero, en realidad, ¿quién eres tú para no serlo? De hecho, eres hijo de Dios. Jugar a ser pequeño no le sirve de nada al mundo. No hay nada iluminador en encogerte para que otras personas no se sientan inseguras a tu lado. Todos estamos hechos para brillar, como hacen los niños. Nacemos para manifestar la gloria de Dios que está en nuestro interior. No está solo en algunos de nosotros. Está dentro de todos y cada uno. Y al dejar brillar nuestra propia luz, inconscientemente damos permiso a otras personas para hacer lo mismo.

Mientras nos liberamos de nuestro propio miedo, nuestra presencia, automáticamente, libera a los demás.»

Discurso de Nelson Mandela
como Presidente Electo de Sudáfrica
Texto original de Marianne Williamson

«Admira a quien lo intente, aunque fracase.»

Séneca

«Si dudas de ti mismo, estás vencido de antemano.»

Henrik Johan Ibsen

«Tanto si crees que puedes, como si crees que no puedes, estás en lo cierto.»

Henry Ford

«Si cerráis la puerta a todos los errores, también la verdad se quedará fuera.»

Rabindranath Tagore

«Debes hacer aquello que crees que no eres capaz de hacer.»

Eleanor Roosevelt

«La vida de un hombre es lo que sus pensamientos quieren que sea.»

Marco Aurelio

«Y conoceréis la verdad. Y la verdad os hará libres.»

JUAN 8, 32

«No es el crítico quien cuenta; ni aquellos que señalan cómo el hombre fuerte se tambalea, o en qué ocasiones el autor de los hechos podría haberlo hecho mejor. El reconocimiento pertenece realmente al hombre que está en la arena, con el rostro desfigurado por el polvo, el sudor y la sangre; al que se esfuerza valientemente, yerra y da un traspié tras otro, pues no hay esfuerzo sin error o fallo; a aquel que realmente se empeña en lograr su cometido; quien conoce grandes entusiasmos, grandes devociones; quien se consagra a una causa digna; quien en el mejor de los casos encuentra al final el triunfo inherente al logro grandioso; y que en el peor de los casos, si fracasa, al menos caerá con la frente bien alta, de manera que su lugar jamás estará entre aquellas almas frías y tímidas que no conocen ni la victoria ni la derrota.»

THEODORE ROOSEVELT

«Porque nadie puede saber por ti. Nadie puede crecer por ti. Nadie puede buscar por ti. Nadie puede hacer por ti lo que tú mismo debes hacer. La existencia no admite representantes.»

JORGE BUCAY

«Mantén una figura lo suficientemente grande de ti mismo en el ojo de tu mente y hacia ella te dirigirás.»

Doctor Harry Emerson Fosdick

«No podemos resolver los problemas usando el mismo tipo de pensamiento que teníamos cuando los creamos.»

Albert Einstein

«El descubrimiento más grande de mi generación es que los seres humanos pueden cambiar sus vidas modificando sus actitudes mentales.»

William James

«La libertad supone responsabilidad; por eso, la mayoría de los hombres le tiene tanto miedo.»

George Bernard Shaw

«Lo que hay delante de nosotros y lo que hay detrás de nosotros no es nada comparado con lo que hay dentro de nosotros.»

Ralph Waldo Emerson

«No conozco la clave del éxito, pero sí sé que la clave del fracaso es tratar de complacer a todo el mundo.»

Woody Allen

«Si tienes fe, podrás ordenar a esa montaña que se mueva; y se moverá; y nada será imposible para ti.»

MATEO 17, 20

«Intenta no volverte un hombre de éxito, sino volverte un hombre de valor.»

ALBERT EINSTEIN

«Aquel que es valiente es libre.»

SÉNECA

«No huyo de un reto porque tenga miedo. Al contrario, corro hacia el reto porque la única forma de escapar del miedo es arrollarlo con los pies.»

NADIA COMĂNECI

«Cualquier hombre puede, si se lo propone, ser escultor de su propio cerebro.»

SANTIAGO RAMÓN Y CAJAL

«La mayoría de las personas son tan felices como sus mentes se propongan serlo.»

ABRAHAM LINCOLN

«Solo una cosa vuelve un sueño imposible: el miedo a fracasar.»

PAULO COELHO

«Este gozo que siento no me lo ha dado el mundo y, por tanto, el mundo no puede arrebatármelo.»

Shirley Caesar

«Ningún pesimista ha descubierto nunca el secreto de las estrellas, o navegado a una tierra desconocida, o abierto una nueva puerta para el espíritu humano.»

Hellen Keller

«Hay dos modos de afrontar las dificultades: cambias las dificultades o te cambias a ti para hacerles frente.»

Phyllis Battome

«Cada brizna de pasto tiene su Ángel que se inclina y le susurra: "Crece, crece".»

El Talmud

«Creo que he aprendido que la mejor manera de levantarse uno mismo es ayudar a otra persona.»

Booker Washington

«La vida es maravillosa si no se le tiene miedo.»

Charles Chaplin

«Ama a tu prójimo como a ti mismo.»

Mateo 22, 39

«El propósito del arte no es una quintaesencia intelectual, [...] sino la vida, la brillante e intensa vida.»

Alain Arias-Misson

«El camino hacia la cima es, como la marcha hacia uno mismo, una ruta en solitario.»

Alessandro Gogna

«*Just do it.*» («Tan solo hazlo.»)

Eslogan de Nike

«Detente y disfruta de la vida. No solo te pierdes el paisaje por ir tan rápido; también estás perdiendo el sentido de adónde vas y por qué.»

Eddie Cantor

«Haz lo que tienes que hacer y todo lo demás vendrá por sí solo.»

Sri K. Pattabhi Jois

«Somos lo que pensamos. Todo lo que somos lo somos por nuestros pensamientos. Y con nuestros pensamientos, construimos nuestro mundo.»

Buda

«Lo que resistes, persiste.»

Carl Jung

«Si no sabes hacia dónde se dirige tu barco, ningún viento te será favorable.»

Séneca

«En los momentos de ansiedad, no tratéis de razonar, pues vuestro razonamiento se volverá contra vosotros.»

Alain

«Para ser un héroe piensa como un héroe.»

Voltaire

«Nuestras dudas son traidoras y a menudo nos hacen perder las cosas buenas que pudiéramos conseguir.»

William Shakespeare

«Nada te puede traer paz más que tú mismo.»

Ralph Waldo Emerson

«Dios mío, humildemente te pido serenidad para aceptar lo que no puedo cambiar; valor para cambiar lo que puedo y debo cambiar; y sabiduría para saber distinguir lo uno de lo otro. Amén.»

Oración de Reinhold Niebuhr

«El verdadero combate empieza cuando uno debe luchar contra una parte de sí mismo. Pero uno solo se convierte en un hombre cuando supera estos combates.»

André Malraux

«En la tranquilidad hay salud, como plenitud, dentro de uno. Perdónate, acéptate, reconócete y ámate. Recuerda que tienes que vivir contigo mismo por la eternidad.»

Facundo Cabral

«Los retos de la vida no están ahí para paralizarte, sino para ayudarte a descubrir quién eres.»

Bernice Johnson Reagon

«Cuando nada es seguro, todo es posible.»

Margaret Drabble

«Cuando mi sufrimiento se incrementó, pronto me di cuenta de que había dos maneras con las que podía responder a la situación: reaccionar con amargura o transformar el sufrimiento en una fuerza creativa. Elegí esta última.»

Martin Luther King

«La vida es una desafiante aventura o nada en absoluto. La seguridad es principalmente una superstición. No existe en la naturaleza.»

HELLEN KELLER

«Las personas más bellas con las que me he encontrado son aquellas que han conocido la derrota, conocido el sufrimiento, conocido la lucha, conocido la pérdida, y han encontrado su forma de salir de las profundidades. Estas personas tienen una apreciación, una sensibilidad y una comprensión de la vida que las llena de compasión, humildad y una profunda inquietud amorosa. La gente bella no surge de la nada.»

ELISABETH KÜBLER-ROSS

Agradecimientos

Este libro ha sido el fruto de un largo proceso personal y espiritual. Deseo dar las gracias a las muchas personas que me han ayudado en este proceloso y apasionante camino y que desinteresadamente han contribuido a que *Tocados* esté hoy en tus manos.

A mi madre, por quererme siempre tal como soy. Gracias por tu amor y apoyo incondicional. Por los innumerables jueves por la mañana, durante los años de instituto, en los que me llevaste en coche a mi cita con la psicóloga en un viaje de casi una hora sin quejarte una sola vez. A mi padre, por haberme enseñado a amarte. Gracias por enseñarme a poner siempre, y pese a todo, sentido del humor a la vida. Y por estar orgulloso de mí (porque sé que lo estás) tanto como yo lo estoy de ti. Gracias a ambos por la educación que me habéis dado y los valores de vida que me habéis transmitido. Y gracias por comprender siempre que yo debía inventar mi propio camino.

A mis hermanas, Cortes y Sandra. Tan diferentes la una de la otra. Tan especiales ambas. Gracias, Cortes, por tu generosidad infinita. Por darme tanto sin pedir jamás nada a cambio y por celebrar conmigo cada pequeño logro. Gracias, Sandra, por tu apoyo en los momentos en los que más lo necesité y por ser un constante ejemplo de valor y aventura ante la vida. Gracias a ambas por estar ahí. A mi fabuloso cuñado Ricardo, por estar siempre dispuesto a ayudar. Y a nuestra princesita Sara, por traer luz a nuestras vidas.

Os quiero. Sois la mejor familia que podría tener.

A mi familia escogida: mis amigos. Los mejores amigos con los que jamás pude haber soñado.

A María José Mena, por acompañarme desde que éramos unos críos y por estar a mi lado aun en los días más oscuros. Gracias por aceptar recorrer esta travesía junto a mí con tu dedicada labor de corrección y tus sabias sugerencias, sin las que esta obra no sería la que es. Te quiero.

A mi Gordipandi querida: Raquel, Paco, Ana, Carol, Nieves, Marco, Pepe, Eli, Carolina, Belén, Kostas, Noe, Pedro, Míriam, Nicolás y Candela. Sois una fuente de felicidad inagotable, un sólido apoyo en los duros momentos. Gracias por hacerme sentir siempre en familia. Hacéis mi vida mucho más feliz.

A mis compañeras y amigas de Teatro del Ser, Nieves Castells y Silvia Navarro, con las que he disfrutado tanto actuando y creando. Os quiero y espero que nuestra amistad perviva más allá de los años.

A Elisa Lledó, quien, además de amiga del alma con la que he compartido risas y mis más íntimas confesiones, es una persona a la que admiro profundamente. Gracias por ayudarme en mis creaciones con tu increíble talento. Vamos de la mano, cariño.

A Manuela Burló, quien siempre ha creído en mi potencial creativo. Gracias por ayudarme a guiarlo cuando te he pedido consejo. Eres un verdadero ejemplo para mí, y me siento afortunado de ser tu amigo.

A Teresa Velasco, una excelente compositora y pianista y aún mejor amiga. Eres una persona muy especial. Gracias por poner en tantas ocasiones tu maravilloso talento musical al servicio de mi teatro.

A Tina Olivares, una increíble inspiración en el camino de la creación, compañera de charlas infinitas y maravillosa amiga. Gracias por ser parte de este proceso y por tus sabios consejos.

A Gorka Martín, por aceptar el decisivo reto de diseñar la portada del libro en su primera edición digital. Gracias por tu portentoso talento para el diseño y por tu amistad.

A Thelma Stone y Alan Piachaud, por tratarme como un miembro de su familia cuando he estado lejos de la mía y por ser un ejemplo de fortaleza tan grande y unos maestros de vida admirables. Gracias.

A Ana Ochoa, por animarme a volar, por acudir en mi ayuda cuando lo necesité y por siempre creer en mí. No sé si te lo he dicho, pero yo también creo en ti.

A K. N., *i love you through time and space.*

A Loli Díaz y Susana Martínez, bellísimas personas de generosidad tal que un buen día decidieron que sería una gran idea crear el Club de Fans de Damián Alcolea. No estoy seguro de que seáis conscientes de lo mucho que me habéis ayudado, no solo a extender mis ideas, sino también, y sobre todo, a creer más en mí mismo. Gracias.

Os quiero a todos.

A mis amigos del gimnasio El Horno, a mis compañeros de viaje de la Sala Malasaña, a mis camaradas de la Fundación El Arte de Vivir, a mi nueva familia del Coro Góspel Living Water, a mis amigos de la ESAD de Murcia y de la Escuela de Interpretación Philippe Gaulier, a las inolvidables amistades que forjé en el Victoria Palace Theatre de Londres... Gracias a los que alguna vez me disteis ánimos y aliento para seguir adelante.

A los incontables amigos, a los que sería imposible mencionar, que tengo en tantas partes del mundo desde Socuéllamos (mi pueblo) hasta Madrid, Barcelona, Londres, Estados Unidos, Brasil, Australia o Canadá. Os llevo en el corazón.

A la gente de la Biblioteca Municipal de Socuéllamos, por su excelente labor de difusión de la cultura.

A las personas con la que se fraguó mi amor por el teatro: José Vicente Moya, Aspaviento Teatro y el grupo de teatro del I. E. S. Fernando de Mena, liderado por Norberto Cabrillo Bolado. Gracias, Norberto: tus entregadas clases de mitología y cultura clásica avivaron mi pasión por contar historias.

A David Moreno, de CC Actores, por ser una persona íntegra y que mantiene viva la ilusión por hacer bien su trabajo. Trabajar mano a mano contigo estos años ha sido un verdadero placer.

A los compañeros del Hotel Ritz, del Restaurante Pasta Nostra y del Café Faborit. Pasar por estos lugares me aportó grandes lecciones y me hizo conocer a gente inolvidable, algunos de los cuales son amigos a día de hoy.

A los maestros que he tenido en algún momento de mi vida: en el colegio, en el instituto, en la Escuela Superior de Arte Dramático de Murcia y en mi ulterior formación como actor y cantante. Sobre todo a los que creían en el potencial de sus alumnos para ofrecer algo bueno a los demás. A los que veían a sus alumnos no como eran, con su torpeza y sus inseguridades, sino como podían llegar a ser y los educaron para que llegaran a serlo. Gracias. Vuestras enseñanzas perduran a través del tiempo y hacen de este un mundo mejor cada día.

A los directores de *casting* que realizan su labor con sensibilidad y respeto hacia los actores, muy conscientes de que trabajan con seres humanos y que estos, a su vez, lo hacen con sus propios sentimientos. Gracias por tener en cuenta eso. Honráis este oficio con vuestro buen hacer.

A los que alguna vez leyeron alguno de los ocho diferentes borradores del guión cinematográfico en el que se basa esta novela: Sandra Alcolea, María José Mena, Luis San Narciso, Geraldine Chaplin, Manuela Moreno, Tina Olivares, Juan Fernando Andrés... Gracias por vuestros sabios consejos, que han ayudado a que *Tocados* sea mucho mejor de lo que pudo haber sido.

A María Jesús Mardomingo, por dedicarme unas horas maravillosas en las que respondió con paciencia a todas las preguntas que tenía sobre el TOC que aún no habían hallado respuesta. Gracias por tu amable disponibilidad.

A Antonella Broglia y al entregado equipo de TEDxMadrid, por dedicar su tiempo y su energía a dar espacio en Madrid a «ideas que merece la pena divulgar». Gracias, Antonella, por creer en mi idea y por darme la oportunidad de dar un discurso que, al menos para mí, lo cambió todo. Y gracias, Javier Gárriz, por contribuir a mejorar mi charla con tus lúcidas aportaciones.

A Plataforma Editorial, por amplificar mi voz y colaborar a extender mi mensaje. Publicar con vosotros es un sueño hecho realidad. Gracias a todos los miembros de vuestro equipo (Míriam, Sandra, Miguel, Felipe, Jordi...) por tratar este libro con tanto cariño.

A los que sufrieron acoso escolar hace mucho tiempo, pero lo reviven en su mente cada día de sus vidas. A los que lo sufren hoy. No estáis solos. No os rindáis ante palabras de odio o actitudes despreciables. Sed fuertes y creed siempre en vosotros.

A los que se dedican a la psicología siguiendo su vocación, gracias por guiarnos fuera del laberinto. Sé que la llave está en nosotros, pero vosotros sois el herrero que nos ayuda a forjarla.

A Esperanza, que trabajó en mi caso durante los cuatro largos años del instituto. Aunque resulte un juego de palabras manido, me diste esperanza en un tiempo en el que no la tenía. A Isabel, que trabajó en mi caso mucho más tarde, aportándome preciadas herramientas para enfrentarme a mis temores más profundos. Gracias a ambas por ayudarme a encontrar la llave.

A los «tocados» de todo el mundo que alguna vez leyeron mi blog (desde que lo comencé allá por 2007). Gracias por comentar, compartir vuestras historias y animarme a seguir escribiendo. Este libro existe principalmente por vosotros.

A Julia Whyler. Gracias por salvarme la vida.

Recursos

Blogs y Webs

www.diariodeuntoc.blogspot.com.es – mi blog.

www.webtoc.org – foro creado «por y para personas con trastorno obsesivo-compulsivo que tiene como objetivo la discusión de todo lo relacionado con este tema».

www.yosupereltrastornobsesivocompulsivo.blogspot.com.es – El blog de Reyes Corbató, en el que cuenta cómo superó el trastorno obsesivo-compulsivo que padecía y ofrece sabios consejos para los que atraviesan el mismo camino que ella transitó hace ya más de una década.

www.trastornoobsesivocompulsivo.org – La página web del Instituto Klein de Barcelona, con mucha información interesante sobre el trastorno obsesivo-compulsivo: síntomas, tratamientos, preguntas frecuentes, etc.

www.yosuperelaansiedad.com – La página web de Rafa López relata cómo venció la ansiedad que sufría y comparte útiles herramientas y ejercicios para seguir su ejemplo.

www.recursosdeautoayuda.com – Página web que aborda la psicología desde diferentes puntos de vista: desde artículos sobre recientes estudios científicos a vídeos motivacionales y charlas sobre la felicidad o la autoestima. Colaboran en ella pedagogos, psicólogos y *coaches*.

www.ted.com – TED («ideas que merece la pena difundir») es una organización sin ánimo de lucro que reúne a algunos de los mejores comunicadores del mundo para que expongan sus valiosas ideas articulándolas normalmente en discursos que duran en torno a veinte minutos. El acrónimo TED procede de las palabras Tecnología, Entretenimiento y Diseño, pero la variedad de temas que se tratan en las charlas es sumamente amplia. En www.ted.com se ocupan de colgar esas conferencias *online* haciéndolas disponibles gratuitamente para todo el mundo. Puedes gestionar los subtítulos a tu gusto (si se trata de una charla en inglés o en cualquier otro idioma) y puedes buscar charlas por el tema (*entertainment*, *business*...) o, incluso, por palabras clave (*persuasive*, *funny*, *inspiring*...).

Asociaciones

www.tocgranada.com – La Asociación-Proyecto de Ayuda TOC Granada fue fundada por Aurelio López y entre sus principales objetivos destacan las reuniones entre pacientes, la asesoría legal de abogados laboralistas, un teléfono de ayuda o el tratamiento psicológico gratuito para personas con bajos o nulos recursos económicos.

www.asociaciontocas.es – La Asociación de Trastorno Obsesivo Compulsivo de Andalucía lleva años luchando por mejorar la vida de los pacientes con TOC y de sus familiares y por favorecer la sensibilización y la conciencia social con respecto a este trastorno.

www.actad.org – La Asociación Catalana para el Tratamiento de la Ansiedad y Depresión tiene como objetivo divulgar y promover el tratamiento de los trastornos de ansiedad y de la depresión.

www.asociaciontocmadrid.es – La Asociación TOC Madrid cuenta entre sus actividades con reuniones entre afectados, talleres de psicoeducación para pacientes y sesiones de terapia de grupo.

Herramientas y Recursos

Exposición con Prevención de Respuesta (EPR)

Es un método de terapia cognitivo-conductual que ha sido testado científica y experimentalmente y que está considerado en la actualidad una de las herramientas más efectivas en el tratamiento del TOC.

La palabra «exposición» hace alusión a la confrontación progresiva por parte del paciente hacia los pensamientos, objetos y/o situaciones que le generan ansiedad, asco o pánico, es decir, los estímulos ansiógenos. En ese proceso, el terapeuta solicita al paciente que resista sus impulsos a realizar las conductas neutralizadoras habituales de la ansiedad, como son las compulsiones y los rituales. En esto consiste la «prevención de la respuesta». Según Edna Foa (autora de *Venza sus obsesiones*), el tratamiento con EPR consigue reducir significativamente los síntomas en, aproximadamente, un 80 % de los individuos tratados.

Afirmaciones

Las afirmaciones son declaraciones positivas que manifiestan algo que deseamos crear en nuestra vida. Muchas de las cosas que decimos o pensamos diariamente son bastante negativas y no nos ayudan a crear buenas experiencias. Según Louise L. Hay, si queremos cambiar nuestra vida, hemos de modificar nuestra experiencia mental. Una forma muy poderosa de hacer esto es a través de las afirmaciones positivas. Si escribes en tu buscador los términos «afirmaciones» y «Louise L. Hay» puedes encontrar múltiples ejemplos en la red.

Mindfulness

Mindfulness (también conocida como «Atención Plena») no es otra cosa que ser plenamente conscientes de lo que está ocurriendo aquí y ahora, manteniendo una mirada curiosa y carente de juicios (esto es, con aceptación) hacia el momento presente. Esta experiencia se entrena a través de la práctica de la meditación. Se ha comprobado en numerosas ocasiones la efectividad del *mindfulness* (como complemento de la terapia) en pacientes con TOC. Son muy conocidos los experimentos del doctor Jeffrey Schwartz, neuropsiquiatra y uno de los más reputados especialistas en TOC del mundo, en los que ha demostrado cómo la práctica del *mindfulness* puede ayudar a los pacientes con trastorno obsesivo-compulsivo a controlar sus síntomas y a disminuir significativamente sus niveles de ansiedad.

EFT (Técnica de Liberación Emocional)
www.emofree.com
La Técnica de Liberación Emocional, o *Emotional Freedom Technique* en inglés, es una psicoterapia alternativa basada en la acupuntura y la digitopuntura que consiste en golpear suavemente ciertos puntos meridianos del cuerpo mientras el paciente se concentra en un recuerdo traumático. En la web de su fundador (Gary Craig) podéis leer un amplio tutorial sobre la técnica (eso sí, en inglés).

Fundación El Arte de Vivir
www.artofliving.org/es-es
La Fundación El Arte de Vivir (The Art of Living Foundation, en inglés) es una ONG sin ánimo de

lucro fundada en 1981 por Sri Sri Ravi Shankar, nombrado por la UNESCO «uno de los oradores más destacados del siglo». De carácter educacional y humanitario, está comprometida con múltiples iniciativas de servicio de diversa índole, y opera actualmente en 152 países.

Los programas de la organización están guiados por la filosofía de paz de Sri Sri Ravi Shankar: «A menos que tengamos una mente libre de estrés y una sociedad libre de violencia, no podremos alcanzar la paz mundial». Su objetivo es ayudar a los individuos a deshacerse del estrés y a que experimenten la paz interior. La Fundación El Arte de Vivir ofrece programas de eliminación de estrés que incluyen técnicas de respiración, meditación y yoga. Estos programas han ayudado a millones de personas alrededor del mundo —entre las que me incluyo— a superar el estrés, la depresión o tendencias violentas.

LOGOTERAPIA
www.logoterapia.net
Después del psicoanálisis de Freud y la psicología individual de Adler, la logoterapia es la «Tercera Escuela Vienesa de Psicología». Este tipo de psicoterapia fue creada y desarrollada por el neurólogo y psiquiatra Viktor Frankl, autor —entre muchos otros— de *El hombre en busca de sentido* (calificado como uno de los libros de mayor influencia en Estados Unidos por la Biblioteca del Congreso deWashington). La logoterapia expone que la voluntad de sentido es la

motivación primaria del ser humano, en oposición a la doctrina de Freud («voluntad de placer») y de Adler («voluntad de poder»), y propone que la atención clínica a aquella es esencial para la recuperación integral del paciente. Entre sus técnicas más conocidas destacan: la intención paradójica, la derreflexión, el autodistanciamiento, la modificación de actitudes y el diálogo socrático.

Libros

Sobre Psicología y el TOC:

Brain Lock: Free Yourself from Obsessive-Compulsive Behavior, Jeffrey M. Schwartz y Beverly Beyette, Regan Books, 1997.

Guerreros de la mente, Isabel Pinillos y Antonio Fuster, Grijalbo, 2011.

You Are Not Your Brain: The 4-Step Solution for Changing Bad Habits, Ending Unhealthy Thinking, and Taking Control of Your Life, Jeffrey M. Schwartz y Rebecca Gladding, Avery, 2011.

El chico que no podía dejar de lavarse las manos, Judith Rapoport, Ultramar Editores, 1990.

Venza sus obsesiones, Edna B. Foa y Reid Wilson, Robinbook, 2001.

Psiquiatría para padres y educadores: ciencia y arte, María Jesús Mardomingo Sanz, Narcea, 2008.

Sobre Desarrollo Personal y Espiritualidad:

El hombre en busca de sentido, Viktor E. Frankl, Herder, 2011.

El poder del ahora, Eckhart Tolle, Gaia, 2007.

Usted puede sanar su vida, Louise L. Hay, Books4 Pocket, 2007.

Feliz porque sí: Siete pasos para alcanzar la felicidad desde el interior, Marci Shimoff y Carol Kline, Urano, 2008.

Paz interior para gente ocupada: Estrategias sencillas para transformar tu vida, Joan Z. Borysenko, Urano, 2003.

Descubre el secreto: el test que te permite averiguar cuáles son tus verdaderas pasiones, Janet Bray Attwood y Chris Attwood, Planeta, 2009.

¿Quién se ha llevado mi queso?: Cómo adaptarnos a un mundo en constante cambio, Spencer Johnson, Empresa Activa, 1999.

Las 7 leyes espirituales del éxito, Deepak Chopra, Edaf, 2007.

El monje que vendió su Ferrari: Una fábula espiritual, Robin S. Sharma, Grijalbo, 2012.

El milagro del Mindfulness, Thich Nhat Hanh, Oniro, 2007.

Busca en tu interior, Chade-Meng Tan, Planeta, 2012.

Vivir de corazón: Mindfulness para una generación atónita, Álvaro Gómez Contreras, Aguilar, 2014.

Películas sobre el TOC mi «TOP TEN»

Películas que versan, tratan o reflejan de manera protagónica o secundaria el trastorno obsesivo-compulsivo y que, sobre todo, me han ayudado, inspirado o motivado a seguir adelante en esta batalla.

10. *Elektra*, dirigida por Rob Bowman: en esta película, Jennifer Garner interpreta a la heroína de cómic Elektra. Aunque la película no trate ni profundice sobre el TOC, es agradable verlo reflejado en la pantalla a través de una superheroína que lo padece. Esa es la razón por la que la incluyo en la lista. La segunda razón (si es que hiciera falta) es que las aptitudes interpretativas de Jennifer Garner suben considerablemente el listón de la película.
9. *El día que me amen*, dirigida por Daniel Barone: Adrián Suar interpreta a Joaquín, un joven con trastorno obsesivo-compulsivo, depresión y agorafobia cuyo mundo se tambalea al reencontrarse con su amiga de la infancia Mara (Leticia Brédice).
8. *Los impostores (Matchstick Men)*, dirigida por Ridley Scott: Nicolas Cage interpreta a un estafador de poca monta con trastorno obsesivo-compulsivo y graves dificultades para relacionarse que se entera, a través de su psicoterapeuta, de que tiene una hija adolescente (Alison Lohman) que desea conocerlo.
7. *Monk*: esta serie de televisión, ya todo un clásico, creada por Andy Breckman y protagonizada

por Tony Shalhoub mezcla el tono de comedia (y en menos casos, dramático) con el género policiaco. Ganadora de infinidad de premios —entre ellos el Globo de Oro para el protagonista y varios premios Emmy— y nominada a otros tantos, la serie cuenta cómo Adrian Monk, un detective de homicidios, desarrolla TOC tras el atentado en el que falleció su esposa. A partir de entonces, trabajará como asesor de la policía en casos complicados explotando su obsesiva atención por los pequeños detalles para resolver los crímenes. A pesar de tratarse de una serie, no podía dejarla fuera de esta lista debido a su relevancia y al papel que ha desempeñado en cuanto a la visibilidad mediática del trastorno obsesivo-compulsivo.

6. *Benny y Joon, el amor de los inocentes*, dirigida por Jeremiah S. Chechik: esta es la única película de la lista que no trata realmente el TOC. La razón de que la incluya es porque, cuando era adolescente —la película es de 1993— me inspiraba ver esta historia de amor entre dos personas mentalmente peculiares. En esa época, aún no habían sido estrenadas ninguna de las otras películas que hay en la lista. Así que la veía una y otra vez sin poder evitar identificarme con los personajes. El plus añadido es que los actores que interpretan a la pareja protagonista son Mary Stuart Masterson y Johnny Depp.
5. *Toc Toc*, dirigida por Laurent Baffie: basada en su exitosa obra de teatro, que ha triunfado en la

cartelera de Madrid durante más de seis temporadas consecutivas de enorme éxito, se trata de una divertida comedia francesa en la que seis pacientes con diversos trastornos obsesivos-compulsivos coinciden en la consulta del prestigioso doctor Stern, quien —por complicaciones aéreas— se encuentra retenido en el aeropuerto de Fráncfort. Ellos, no dispuestos a abandonar la consulta después de meses de espera para conseguir su cita, deciden quedarse allí y comienzan a conocerse los unos a los otros, convirtiendo involuntariamente el encuentro en una terapia de grupo propiamente dicha. De este modo, harán descubrimientos asombrosos dignos de cualquier especialista y cada uno comenzará a hacer avances en la superación de su propio trastorno.

4. *Dirty filthy love*, dirigida por Adrian Shergold: película británica protagonizada por el versátil y camaleónico Michael Sheen, que interpreta a Mark Furness, un hombre con TOC y síndrome de Tourette que pierde su trabajo y a su esposa (ella le pide que abandone el apartamento) y finalmente solicita ayuda psicológica con el fin de ponerse bien y reconquistarla. En el camino, conocerá a Charlotte (Shirley Henderson), otra sufridora de trastorno obsesivo-compulsivo que lleva un grupo de terapia al que se unirá. Interpretaciones magistrales de sendos protagonistas, que fueron nominados a los premios de la Academia de Televisión Británica.

3. *Phoebe in Wonderland*, dirigida por Daniel Barnz: es mi último descubrimiento. Elle Fanning es Phoebe, una chica especial con grandes dificultades para adaptarse al mundo que la rodea, que interpreta a Alicia en la función del colegio. Poco a poco, sus padres descubren que sus excentricidades son el reflejo no solo de una personalidad singular, sino también de un problema, y deciden ayudarla para evitar que cruce «al otro lado del espejo», como el popular personaje de Lewis Carroll.
2. *El aviador*, dirigida por Martin Scorsese: narra la vida de Howard Hughes, un magnate estadounidense pionero de la aviación —interpretado por Leonardo DiCaprio— que padecía un TOC muy severo. Está llena de intensas escenas de elevado nivel dramático y tiene el plus añadido de la presencia de Cate Blanchett, interpretando a Katharine Hepburn, que ganó un Óscar por su trabajo.
1. *Mejor... imposible*, dirigida por James L. Brooks: creo que esta película simplemente no necesita presentación. Que Jack Nicholson y Helen Hunt estén inmensos (ambos ganaron sendos premios Óscar por sus sobresalientes interpretaciones) y que el guión (de James L. Brooks y Mark Andrus) sea magistral deberían ser razones de sobra para verla. Además, Greg Kinnear estuvo nominado también a los premios de la Academia por su magnífico retrato de un artista gay apaleado en su domicilio que le pide al excéntrico Melvin (Nicholson) que cuide de su adorable perrito. Un

canto a la tolerancia hacia el que es (aparentemente) diferente y un alegato a favor de la amistad y el buen rollo. Es emotiva y verdaderamente divertida. Definitivamente, una de mis pelis favoritas.

Películas Espirituales

Películas documentales de temática espiritual que me han llevado a interesantes conclusiones y motivado asombrosos descubrimientos interiores, además de aportarme diversas herramientas que han sido de enorme utilidad en mi propio proceso para vencer el TOC y la ansiedad.

Tú puedes sanar tu vida: documental basado en el *best seller* de Louise L. Hay que, en sus propias palabras, «es la historia de mi vida, mis enseñanzas, y cómo he aplicado los principios de mis enseñanzas a mi vida». El film fue dirigido por el ganador del premio Emmy Michael Goorjian y contó con la colaboración de Esther y Jerry Hicks, Wayne Dyer y Cheryl Richardson, entre muchos otros.

Tu mente puede curarte: es una conferencia filmada en la que la doctora Joan Borysenko, experta en medicina integral, nos da herramientas para aprender a vivir el presente, reducir drásticamente nuestra ansiedad, entender cómo nuestros pensamientos influyen en nuestro cuerpo físico y la forma de canalizar esa energía en el proceso de la curación de cualquier afección emocional.

Paz interior para gente estresada: en esta otra interesantísima conferencia, la doctora Borysenko nos propone combatir las presiones de nuestra vida cotidiana mediante sencillas estrategias que nos sirven para vivir el presente con más alegría y aportar un poco de paz en nuestro ajetreado mundo.

Las 7 leyes espirituales del éxito: basada en el rotundo éxito editorial de Deepak Chopra, esta película documental dirigida por Ron Frank que cuenta entre sus atractivos con la participación de Olivia Newton-John y el propio Chopra, nos explica uno a uno los siete principios espirituales, inspirados en las leyes de la naturaleza, que hemos de seguir para cumplir nuestros sueños.

El cambio (The shift): basada en el libro de Wayne Dyer y dirigida por el talentoso Michael Goorjian, esta película combina a la perfección el género documental con historias de ficción para hablar sobre el momento de la vida en el que, llegada la madurez, los parámetros que teníamos no sirven y tenemos que buscar un nuevo propósito que guíe nuestros pasos, un nuevo sentido que nos lleve «de la ambición al significado».

Mentes brillantes (en busca de la felicidad): se trata de un documental dirigido por Larry Kurnarsky que analiza la búsqueda eterna de la humanidad en pos de la felicidad y que cuenta con los testimonios de algunas de las mentes más destacadas de nuestro tiempo en el campo espiritual, religioso y académico, como Eckhart Tolle, Marianne Williamson o don Miguel Ruiz, entre otros.

One, todos somos uno: una mañana de abril, al alba, Ward Powers despertó con una profunda convicción, la de realizar una película que sirviera para incrementar la conciencia de las conexiones que todos compartimos. Sin ningún tipo de conocimiento técnico ni experiencia, compró una videocámara y, junto a su esposa y a dos amigos, redactó veinte preguntas trascendentales que formularían a diferentes líderes espirituales, autores y maestros en un viaje por todo el mundo que les cambiaría la vida para siempre.

Espera un milagro cada día: en esta conferencia filmada, Marianne Williamson, autora del éxito editorial *Volver al amor*, nos ofrece una guía práctica para encontrar nuestras raíces sagradas y conectar con nuestra parte más espiritual a través de los momentos que nos ponen a prueba en la vida con el fin de aprender a realizar cambios eficaces, positivos y permanentes. De ser capaces, en definitiva, de crear milagros en nuestra propia vida.

Confianza total: es una película de no ficción sobre desarrollo personal que fue protagonizada por Verónica de Andrés, autora del *best seller Confianza total*, y dirigida por su hija Florencia Andrés (coautora del libro) y Lucas Palmero. Aunque su factura es modesta, el film cumple su objetivo: ofrecer herramientas que ayudan a reforzar la confianza en uno mismo, superar las creencias limitantes e inspirarnos a cumplir nuestros sueños.

¿¡Y tú qué sabes!?: dirigida por William Arntz, Betsy Chasse y Mark Vicente, esta película documental que fue pionera en su género combina entrevistas, una historia de ficción y animación por ordenador para probar la teoría de que la conciencia puede modificar la realidad material. Aunque la película recibió fuertes críticas de la comunidad científica, experimentó un considerable éxito, y su fórmula sería más tarde imitada, e incluso mejorada, en posteriores documentales. La recomiendo porque me ayudó a profundizar en el camino de la conciencia, por las valiosas conclusiones a las que llegué gracias a su visionado y por estar protagonizada por la ganadora del Óscar Marlee Matlin.

Inspiración y Motivación en YouTube

El poder de la bondad

1. *The Kindness Boomerang*, *El* bumerán *de la bondad* (mencionado en la página 125): este inspirador vídeo habla sobre cómo el amor que das siempre vuelve a ti de uno u otro modo. Para verlo, escribe en la barra de búsqueda de YouTube «*the kindness boomerang* subtitulado español».

2. *Give a little love, Si das un poco de amor* (mencionado en la página 205): este vídeo de 4 minutos y 38 segundos de duración transmite el poder contagioso del amor. Búscalo en YouTube escribiendo en la barra de búsqueda «*if you give a little love you can get a little love of your own*».
3. *Giving (is the best communication), Dar (es la mejor comunicación)*: este emotivo anuncio de la compañía de telefonía tailandesa True Move H se ha viralizado por todo el mundo, ha superado los 15 millones de reproducciones y ha sido calificado como uno de los mejores *spots* publicitarios de los últimos años. Si piensas que eres de lágrima difícil, piensa dos veces. Escribe en la barra de búsqueda de YouTube «dar es la mejor comunicación» para la versión con subtítulos en castellano y asegúrate de tener pañuelos a mano.

Consejos para la vida

4. *Usa protector solar*: este videoclip, cuyo larguísimo título original es «Everybody's Free (to Wear Sunscreen) – The Sunscreen Song (Class of '99)», fue dirigido por Baz Luhrmann, director de *Romeo + Julieta*, *Moulin Rouge*! o *El gran Gatsby*, y está basado en un artículo escrito por Mary Schmich para el *Chicago Tribune*. Sus consejos para vivir una vida más feliz son memorables.
5. *El sentido de la vida*: Viktor Frankl, padre de la logoterapia (o «terapia del sentido»), fue un

neurólogo y psiquiatra austríaco deportado en 1942 al campo de concentración de Theresienstadt junto a su esposa y sus padres. A partir de ese momento, sobrevivió durante tres años en los que pasó por diferentes campos (incluidos Auschwitz, Kauferius y Türkheim, estos dos últimos dependientes del campo de concentración de Dachau) y en los que perdió a toda su familia (con excepción de su hermana, que consiguió huir a Australia). En su célebre libro *El hombre en busca de sentido* cuenta cómo, aun en las peores condiciones de sufrimiento y deshumanización, el hombre es capaz de encontrar un sentido a su existencia basado en su dimensión espiritual. En el extracto de esta entrevista, Viktor Frankl habla sobre cómo encontrar el sentido de la vida en tiempos y circunstancias difíciles. Te será fácil encontrar el vídeo en la red si escribes en la barra de búsqueda de YouTube los términos «el sentido de la vida» y «Viktor Frankl».

6. *Validation (validación)*: esta película de 16 minutos de duración es un bello cortometraje de corte romántico que ha sido multipremiado en festivales de todo el mundo. Fue escrito y dirigido por Kurt Kuenne y versa sobre la importancia de reconocer y validar nuestra propia grandeza y la de los demás y sobre el innegable poder de la sonrisa.
7. *El vídeo más inspirador del mundo*: a pesar de su título, no creo que este sea el vídeo más inspirador de la historia, pero, sin duda, es inspirador.

Se trata de un *spot* publicitario de Pantene que fue criticado por usar una historia tan emotiva para anunciar un champú. No obstante, sintetiza con maestría un extenso relato de superación en una película de menos de 4 minutos, que habla sobre lo que nos hace especiales a cada uno y sobre nuestra capacidad para hacer realidad nuestros sueños.

Vencer el miedo

8. *Primer salto de esquí de una niña*: este vídeo sin subtítulos, que se emite en muchos seminarios de *coaching* y motivación alrededor del globo, nos hace cómplices del momento en que una niña se enfrenta al miedo y lo vence. En la grabación, la pequeña gimotea atemorizada en la cumbre de una montaña ante su primer salto de esquí. Con el instructor a su lado, pero aún aterrada y con la voz temblorosa, se repite a sí misma: «Puedo hacerlo, puedo hacerlo» hasta que finalmente se decide y da el salto. Es un claro ejemplo de cómo funciona nuestra mente cuando determinamos salir de nuestra zona de confort y de cómo podemos enfrentarnos al miedo y, en última instancia, derrotarlo.
9. *Spot «Miedos»*: este breve anuncio publicitario de la tienda Saga Falabella habla de nuestra capacidad para dar el paso y vencer nuestros más profundos temores bajo el lema: «Atrévete. Cambia».

10. *Neil Hilborn*: este valiente poeta estadounidense que sufre trastorno obsesivo-compulsivo consigue hacernos reír y emocionarnos con este conmovedor poema llamado «O.C.D.» («TOC»), que recita durante la final del concurso «Rustbelt Regional Poetry Slam» y cuyo vídeo dio la vuelta al mundo e incrementó la conciencia global hacia el trastorno. Si después de haber leído *Tocados* aún te resultara difícil entender cómo es la vida de un individuo con TOC, busca su poema en YouTube y prepárate para que Neil Hilborn te lo recite.
11. *Becca Cala*: Becca Cala sufrió acoso en diferentes casas de acogida en las que vivió antes de los dieciséis años. A esa edad recibió un diagnóstico que incluía varias enfermedades mentales, como el trastorno obsesivo compulsivo y el síndrome de Tourette, entre otras. Pero ella misma nos demuestra que ninguna de esas condiciones podrá impedir que cumpla sus sueños. Becca toca el violín eléctrico desde hace más de diez años. Y el vídeo que sus amigas Natasha Boshoff y Suaad Issa enviaron al concurso anual «Change The View-Anti Stigma Film Fest», organizado por el Hospital Mental Infantil de Ontario —ganó aquella convocatoria y se viralizó por las redes—, colaborando para romper el estigma de la enfermedad mental e inspirando a miles de personas en todo el mundo a seguir el ejemplo de Becca.

12. *Rebecca Brown*: la historia de Rebecca Brown es la de una joven que decidió colgar un *time-lapse* de seis años en YouTube tomándose una foto al día. Podría ser uno más de los miles de vídeos semejantes que pululan por la red, si no fuera porque Rebecca Brown padece Tricotilomanía («un desorden compulsivo caracterizado por la necesidad de arrancarse el cabello»), y cada batalla personal se manifiesta en el vídeo a través del largo de su melena o la aparición de múltiples calvas. El valor añadido del vídeo es que lo documenta incluyendo los eventos clave de su vida (la muerte de una abuela, relaciones sentimentales, las rupturas de esas relaciones, las desavenencias con amigos, problemas en la escuela, la muerte de una mascota...), con lo que vemos la evidente relación entre esos acontecimientos y su apariencia física. A día de hoy, su *time-lapse* ha sido visionado más de diez millones de veces, dando visibilidad global a esta dramática condición, que, casi siempre, se suele sufrir en silencio.
13. *Nick Vujicic*: es uno de los oradores motivacionales más reputados del mundo y todo un ejemplo de superación. Sin brazos ni piernas (a causa del síndrome de tetra-amelia con el que nació), nos da un ejemplo de una vida sin limitaciones. Es predicador cristiano, dirige la organización para personas con discapacidad física Life Without Limbs y ha participado en varias películas (en 2009 protagonizó el emotivo cortometraje *El circo de las mariposas* y en 2013 participó en

el documental cristiano *Hope for hurting hearts*). Ha publicado varios libros (*Una vida sin límites* y *Un corazón sin fronteras: la fe que necesitas para una vida ridículamente positiva*, por destacar algunos de ellos); ha editado diversos DVD sobre su historia y la lucha de su organización (*Sin brazos, sin piernas, sin preocupaciones* y *Life without limbs: From no limbs to no limits*, entre otros); y ha viajado alrededor del mundo transmitiendo su poderoso mensaje de superación. Actualmente está casado y tiene un hijo.

14. *Lizzie Velasquez*: es una escritora y oradora motivacional que padece una rara enfermedad (solo se conocen otros dos casos en el mundo) que afecta directamente a su apariencia física, ya que, entre otras cosas, impide que gane peso corporal. Cuando estudiaba en el instituto alguien colgó un vídeo de ella en YouTube que se titulaba «la mujer más fea del mundo» y que se viralizó por las redes. A partir de entonces, Lizzie decidiría dedicar sus esfuerzos a luchar contra el *bullying* y los prejuicios. Tiene dos libros publicados: *Lizzie bellísima: la historia de Lizzie Velasquez* y *Sé bella, sé tú misma*. Si tecleas su nombre en el buscador de YouTube, seguido del término «charla motivacional», encontrarás una fascinante conferencia (subtitulada en español) que dio en TEDxAustinWomen y que ha superado los tres millones de reproducciones en su versión subtitulada al castellano. Este inspirador discurso lleva por título: «¿Qué te define?».

Su opinión es importante.
En futuras ediciones, estaremos encantados
de recoger sus comentarios sobre este libro.

Por favor, háganoslos llegar a través de nuestra web:

www.plataformaeditorial.com

«Cada ser amado es el centro de un paraíso.»
Novalis

Esta edición de *Tocados*
acabó de imprimirse en los talleres de Romanyà Valls
en mayo de 2015. Para su composición se ha empleado
la tipografía Stempel Garamond.

Plataforma Editorial planta un árbol
por cada título publicado.